Timo Parvela

Ella und der Superstar

Ella mag ihren Lehrer, und die anderen Kinder mögen ihn auch. Nur in letzter Zeit sind sie sich da nicht mehr so sicher, weil der Lehrer Pekka sitzenlassen will, wenn der nicht endlich das kleine Einmaleins lernt. Pekka ist der Klassendödel, und er bekommt all die Zahlen einfach nicht in seinen Kopf. Braucht er auch nicht, meint Pekka, weil er sowieso Superstar wird. Und damit der Lehrer das auch merkt, wird Timo sein Manager und verhandelt schon einmal in Sachen Honorar. In der Schule ist es lustig, das finden Ella und ihre Freunde, nur der Lehrer, der sollte sich nicht immer so viel aufregen.

Timo Parvela, 1964 geboren, war gern Lehrer, bevor er Schriftsteller wurde. Er schreibt für Erwachsene und Kinder und wurde dafür vielfach ausgezeichnet.

Sabine Wilharm, 1954 geboren, studierte an der Fachhochschule für Gestaltung in Hamburg und arbeitet seit 1976 als freie Illustratorin. Sie zeichnete u. a. den deutschen Harry Potter.

Timo Parvela
Ella und der Superstar

Aus dem Finnischen von
Anu und Nina Stohner

Mit Bildern von Sabine Wilharm

dtv

Timo Parvelas ›Ella‹-Bände in der Reihe Hanser:
Ella in der Schule
Ella in der zweiten Klasse
Ella auf Klassenfahrt
Ella und der Superstar
Ella in den Ferien
Ella und die falschen Pusteln
Ella und der Neue in der Klasse
Ella und das große Rennen
Ella und der Millionendieb
Ella und ihre Freunde außer Rand und Band
Ella und die Ritter der Nacht
Ella und die 12 Heldentaten
Ella und das Festkonzert
Ella und das Abenteuer im Wald
Ella und der falsche Zauberer
Ella und ihre Freunde als Babysitter
Ellas Klasse und der Wundersmoothie
Ella und ihre Freunde retten die Schule

9. Auflage 2024
2013 dtv Verlagsgesellschaft mbH & Co. KG, München

Titel der Originalausgabe:
›Ella ja Paterock‹
(Tammi, Helsinki)

Umschlagillustration: Sabine Wilharm
Druck und Bindung: Druckerei C.H.Beck, Nördlingen
Printed in Germany · ISBN 978-3-423-62549-4

Das Einmaleins

Ich heiße Ella, und ich gehe gerne in die Schule. Meine Klasse ist sehr nett, und unser Lehrer ist auch sehr nett. Jedenfalls fanden wir das früher. In letzter Zeit finden wir ihn nicht mehr so nett. Weil Pekka nämlich sitzen bleiben soll. Pekka ist unser Klassendödel.

»Wie viel ist sechs mal eins?« Mit der Frage unseres Lehrers fing alles an.

»Sechs«, antwortete Timo, der alles weiß.

»Und sechs mal zwei?«, fragte der Lehrer.

»Noch mal sechs dazu«, sagte Tiina, die manchmal ein bisschen komplizierte Antworten gibt.

»Und sechs mal drei?«, fragte der Lehrer.

»Ungefähr … neunhundert«, vermutete Hanna.

»Und wie viel ist sechs mal vier?«

»Auf so einfache Fragen antworte ich nicht«, sagte Mika.

»Und sechs mal sechs?«

»So viel mal gibt's von mir was auf die Nase, wenn ich es ausrechnen muss«, drohte unser Rambo.

»Und sechs mal sieben?«

»Die Birke«, sagte Pekka.

»Wie bitte?«, wunderte sich der Lehrer.

»Ich kann das Einmaleins nicht«, sagte Pekka. »Dafür kenn ich mich prima mit Bäumen aus.«

»Erst kommt das Einmaleins, dann die Bäume«, sagte unser Lehrer. »Entweder du lernst es, oder du bleibst sitzen. Damit kenn *ich* mich nämlich aus.« Dann ging er ans Fenster und kaute an den Fingernägeln.

Zu der Zeit waren die Fingernägel unseres Lehrers schon ganz kurz, weil er sich solche Sorgen machte. Er machte sich Sorgen, weil er sich von seinen zwei Hunden trennen sollte. Sie hießen Koj und Ote, und unser Lehrer hatte sie aus Lappland mitgebracht*. Seitdem heulten sie nachts wie verrückt. Unseren Lehrer hätte das nicht gestört, aber er war gerade in eine neue Wohnung gezogen, und sein Vermieter wohnte im selben Haus. Den Vermieter störte das Heulen leider sehr. Nachts tobten die Hunde und bei Tag der Vermieter.

* Wer nachlesen will, wie das war: Es steht in dem Buch »Ella auf Klassenfahrt«, wo die ganze Klasse in den Süden reisen will, aber aus Versehen ins Flugzeug nach Lappland steigt.

»Sie haben genau einen Monat Zeit, die Hunde fortzuschaffen«, sagte der Vermieter zu unserem Lehrer.

»Aber es sind nun mal halbe Kojoten, und die *müssen* nachts heulen, das liegt in ihrer Natur«, verteidigte der Lehrer seine Hunde.

»Entweder Sie schaffen die Hunde fort, oder ich schmeiße Sie raus. Ich *muss* Mieter mit heulenden Hunden rausschmeißen, das liegt in *meiner* Natur«, sagte der Vermieter.

Da wurde unser Lehrer schrecklich traurig. Seitdem ließ er uns immer nur das Einmaleins aufsagen und hörte meistens nicht mal richtig zu. Er stand nur noch am Fenster, seufzte und kaute an den Fingernägeln. So wie an dem Tag, als er Pekka drohte, dass er sitzen bleiben würde.

»Was soll ich denn jetzt machen?«, fragte Pekka, als endlich die Glocke zur großen Pause läutete. Er machte sich natürlich Sorgen, was seine Eltern sagen würden, vor allem seine Mutter. Die ist nämlich gleichzeitig die Direktorin unserer Schule.

»Lern doch einfach das Einmaleins wie alle anderen auch«, sagte Hanna, die manchmal richtig vernünftig sein kann.

»Ich hab aber keine Lust«, sagte Pekka. »Ich werde sowieso ein Superstar.«

»Brauchen die kein Einmaleins?«, fragte Tiina.

Wir anderen sahen sie mitleidig an. Tiina hat von manchen Sachen wirklich keine Ahnung.

»Und was macht ein Superstar, wenn ihn der Lehrer fragt, wie viel zum Beispiel sechs mal fünf ist?«, fragte Tiina, die ganz schön hartnäckig sein kann.

»Nichts«, sagte Timo. »Dafür hat er seinen Manager.«

»Seinen *was?*«, fragte Mika.

Wir anderen sahen Mika an. Mika ist manchmal wirklich noch ein ahnungsloses Kind.

»Seinen Manager«, wiederholte Timo. »Das ist jemand, der das Einmaleins kann.«

»Und so einen hast du schon?«, wollte Hanna von Pekka wissen.

»Nö«, sagte Pekka.

»Dann bleibst du sitzen«, sagte Tiina.

Wir anderen sahen Pekka an und hatten echt Mitleid mit ihm. Vielleicht wurde er wirklich ein Superstar, aber wenn er dafür ewig in derselben Klasse bleiben musste? Irgendwann war er vielleicht sechzig, dann sah das ganz schön ulkig aus.

Der Manager

Timos Plan war genial. Seine Pläne sind immer genial, aber der jetzt war noch ein bisschen genialer. Timo wurde nämlich Pekkas Manager. Timo war der geborene Manager, weil er das Einmaleins besser konnte als alle anderen.

»Was ist das?«, fragte unser Lehrer, als Timo ihm eine Liste überreichte, die er geschrieben hatte.

»Eine Liste«, erklärte Timo.

»Das sehe ich. Aber was für eine?«, wollte der Lehrer wissen.

»Eine Liste der Dinge, die geregelt werden müssen, bevor mein Klient wieder hier auftritt«, erklärte Timo.

»Dein Klient? Wer soll das denn sein?«, wunderte sich der Lehrer.

»Pekka«, erklärte ihm Timo.

Der Lehrer warf einen Blick auf Pekka, der in der Bank saß und hinter der Sonnenbrille vorlächelte, die Timo ihm besorgt hatte. Wir fanden, dass Pekka cool aussah und dass Timo ein Klassemanager war.

»Eine eigene Garderobe?«, las unser Lehrer den ersten Punkt auf der Liste vor.

»Mein Klient braucht einen ruhigen Ort, an dem er sich für seine Auftritte vorbereiten kann«, erklärte Timo.

»Erfrischungsgetränke?«

»Mindestens drei verschiedene Sorten und alle eiskalt, bitte!«

»Ein eigener Eingang?«

»Wegen der aufdringlichen Fans.«

»Ein eigener Parkplatz?«

»Am besten eingezäunt, damit ihm nicht irgendwelche Spinner die Luft aus den Fahrradreifen lassen können.«

»Und Bücher?«

»Die sind natürlich für mich.«

»Tausend Euro?«

»Halt, das ist falsch!«, rief Timo entsetzt. Er riss dem Lehrer die Liste aus der Hand, um den Fehler gleich zu korrigieren.

»Hunderttausend Euro?«, las unser Lehrer verblüfft.

»Ich hatte das Managerhonorar vergessen«, erklärte Timo. »Das wäre jetzt das Gesamthonorar für die Auftritte meines Klienten bis zum Ende des Schuljahrs, die Fahrten zur Schule, das Einmaleins und das Management. Für die nächste Klasse muss dann natürlich ein neuer Vertrag ausgehandelt werden.«

Wir waren alle sehr gespannt, was unser Lehrer dazu sagen würde. *Wir* fanden, dass Timo einen tollen Vertrag ausgetüftelt hatte. Und einen günstigen noch dazu. Bestimmt konnte unser Lehrer das Honorar von seinem tollen Gehalt bezahlen.

»Pekka«, sagte der Lehrer nach einer kurzen Pause.

Pekka lächelte den Lehrer cool an.

Und der Lehrer lächelte cool zurück. Sein Lächeln war so cool, dass wir alle eine Gänsehaut bekamen. Verglichen mit dem Lehrer hatte Pekka noch eine Menge zu lernen.

»Wie viel ist zwei mal zwei?«, fragte der Lehrer mit einer Stimme, die an das Knirschen von gefrorenem Schnee erinnerte.

»Vier«, antwortete Timo.

»Ich habe *Pekka* gefragt«, sagte der Lehrer.

»Vier«, antwortete Pekka.

»Die Antwort zählt nicht«, sagte der Lehrer.

»Das ist unfair. Timos Antworten zählen, aber meine nicht«, beschwerte sich Pekka.

»Du wirst nie was lernen, wenn du nur die Antworten von anderen nachplapperst«, belehrte ihn der Lehrer.

»Ich *will* gar nichts lernen, ich bin ein Superstar«, sagte Pekka.

»Und ich bin sein Manager und kümmere mich für meinen Klienten auch um das Einmaleins. Es steht klein geschrieben ganz hinten im Vertrag«, sagte Timo.

Unser Lehrer seufzte, dann nahm er Timos Stift, um auch etwas aufzuschreiben. Dann ging er aus der Klasse. Es überraschte uns natürlich ein bisschen, dass unser Lehrer aus Versehen statt auf ein Blatt Papier auf Timos Stirn geschrieben hatte.

»Obladi, oblada!«, las Hanna auf Timos Stirn.

»Heißt das jetzt, er ist einverstanden, dass ich das Einmaleins nicht lernen muss?«, fragte Pekka. »Ist er rausgegangen, weil er einen Parkplatz einzäunen will? Wo ist meine eigene Garderobe? Und wo sind die Erfrischungsgetränke?«

Leider konnte ihm niemand eine Antwort auf seine Fragen geben.

Unser Lehrer ist in Schwierigkeiten

Wir fanden es cool, dass wir jetzt einen richtigen Superstar in der Klasse hatten. Aber wir machten uns trotzdem noch Sorgen wegen unserem Lehrer. Wir hatten nämlich gehört, wie er sich auf dem Flur vor dem Klassenzimmer mit seiner Frau unterhalten hatte. Seine Frau ist auch an unserer Schule. Sie ist die Klassenlehrerin unserer Parallelklasse.

»Es gibt keine andere Möglichkeit«, sagte die Frau des Lehrers.

»Es *muss* eine geben«, jammerte der Lehrer. »Koj und Ote brauchen mich. Sie brauchen ein Herrchen.«

»Und *wir* brauchen eine Wohnung«, sagte seine Frau, »einen Platz, wo wir es warm haben.«

»Dann lass uns aufs Land ziehen«, schlug der Lehrer vor.

»Das gäbe nur noch mehr Probleme. Koj und Ote würden die Hühner der Nachbarn fressen und mit ihrem Geheul die armen Landkinder erschrecken.«

»Dann ziehen wir aufs Meer«, sagte der Lehrer.

»Entweder gehen die Hunde, oder *du* gehst – und die Hunde gleich mit«, beendete seine Frau die Unterhaltung.

»Im Ernst. Wir kaufen ein Schiff und ziehen aufs Meer. Dort kann jeder heulen, wie er will, und unser Kind wäre immer an der frischen Seeluft. Ich könnte angeln, und du könntest die Würmer auf den Haken fädeln«, versuchte es unser Lehrer noch, als seine Frau längst in ihre Klasse gegangen war.

Wir hatten Mitleid mit unserem Lehrer. Und seinen Plan fanden wir klasse. Auf jeden Fall war er besser als der Vorschlag seiner Frau. Unser Lehrer hatte tolle Ideen, aber seine Frau verstand ihn einfach nicht.

Uns blieb gar nichts anderes übrig, als unserem Lehrer zu helfen.

»Wir kaufen ihm einfach ein Schiff, dann sieht sie auch ein, dass sie am besten aufs Meer ziehen«, sagte Hanna.

»Gute Idee«, sagte ich.

Alle anderen waren der gleichen Meinung, außer Mika, der sagte, seine Idee wäre garantiert besser, er hätte nur leider gerade keine.

»Wo kauft man eigentlich Schiffe?«, fragte Tiina.

»Im Hafen«, wusste Timo. Timo ist wirklich ein Genie.

»Da ist nur ein Problem«, sagte Hanna und sah auf einmal ganz besorgt aus.

Hanna sah so besorgt aus, dass wir andern uns auch alle Sorgen machten. Das Problem, das sie meinte, musste groß sein, und das war es auch.

»Wenn wir unserem Lehrer einfach so ein Schiff kaufen, könnte er glauben, dass wir ihn bestechen wollen«, erklärte Hanna.

»Warum sollten wir denn unseren Lehrer bestechen wollen?«, fragte ich.

»Damit Pekka nicht sitzen bleibt«, sagte Hanna.

Das stimmte natürlich. Nachher glaubte unser Lehrer noch, dass wir ihm das Schiff nur kauften, damit er vergaß, dass Pekka das Einmaleins nicht konnte. Und wenn er das glaubte, würde er das Geschenk nicht annehmen, und die Hunde mussten doch ausziehen und würden die Hühner der Nachbarn auf dem Land fressen und die Landkinder erschrecken und vielleicht sogar die Erwachsenen dort. Und unser Lehrer würde *noch* trauriger werden und Pekka immer nur dieselbe Klasse wiederholen lassen, dann würde Pekka nie ein Superstar werden, weil er nämlich immer nur das Einmaleins lernen musste, das er nicht lernen mochte, weil er lieber gleich ein Superstar sein wollte. – Die Geschichte war ganz schön verzwickt.

Wir sahen Pekka an, der gerade die Sonnenbrille abnahm und sich die Augen rieb. Seine Augen waren ganz rot.

»Es ist nur Heuschnupfen«, sagte Pekka.

Wir hatten richtig Mitleid mit ihm. Jetzt hatte er auch noch Heuschnupfen, obwohl es erst April war und noch kein einziger Grashalm aus der Erde schaute. Die Superstars sind alle schrecklich empfindlich, und ihr Leben ist manchmal gar nicht lustig.

»Ich hab's«, sagte Hanna. »Wir geben ihm das Schiff erst als Geschenk zum Schuljahresende. Dann hat er keinen Grund, misstrauisch zu werden.«

Das stimmte natürlich. Wenn er das Schiff zum Schuljahresende bekäme, würde sich der Lehrer bestimmt nur ganz doll freuen und mit seiner Familie und seinen Hunden aufs Meer ziehen, wie er es sich wünschte. Dann würde ein neuer Lehrer kommen, und der würde Pekka wenigstens zur Probe mit in die nächste Klasse nehmen, neue Lehrer machen das manchmal so, und wir würden ihn auch ganz doll darum bitten. Dann wäre Pekka gerettet, und unser Lehrer wäre wieder glücklich, und Pekka würde weltberühmt werden und unserem Lehrer im Hafen ein Abschiedskonzert geben.

Auf einmal sah es aus, als wären alle Probleme gelöst. Es war, als blinzelte die Sonne nach einem langen Regen endlich wieder hinter den Wolken vor. Pekka setzte sich sogar wieder die Sonnenbrille auf und sah so cool aus wie am Anfang. Oder noch cooler. Mindestens so cool wie die Barthaare des Polarfuchses. Superstars brauchen eben nicht lange, um sich von Schicksalsschlägen zu erholen.

»Ich versteh überhaupt nichts mehr«, sagte Pekka.

»Das ist normal«, beruhigte ihn Timo. »Es reicht, wenn *ich* es verstehe. Du brauchst nur cool auszusehen.«

»Yeah«, sagte Pekka.

»Was kosten Schiffe eigentlich so?«, überlegte Tiina.

Das wusste keiner von uns, aber das kümmerte uns nicht. Im Hafen würden wir es bestimmt herausbekommen.

Das Schiff

Im Hafen lag kein einziges Schiff. Das war eine große Enttäuschung. Wir waren ganz sicher gewesen, dass es im Hafen nur so von Schiffen wimmelte. Wir hatten uns ausgemalt, wie ihre Masten sanft im Wind schaukelten, und uns vorgestellt, dass wir nur noch das passende für den Lehrer aussuchen mussten. Aber der Hafen lag still und verlassen, und die Landungsstege ragten stumm ins Meer. Es war seltsam.

»Ob es damit zu tun hat, dass das Meer noch zugefroren ist«, überlegte Timo.

Er hatte natürlich recht. Timo hat immer recht, aber das war leider nur ein schwacher Trost. Wenn es nämlich keine Schiffe gab, konnten wir auch keins kaufen.

»Wo sind denn die Schiffe im Winter?«, wunderte sich Hanna.

Darüber hatte sich noch keiner von uns Gedanken gemacht.

»Vielleicht ziehen sie nach Süden wie die Vögel«, schlug Mika vor.

»Vielleicht graben sie sich in den Schlamm wie manche Fische«, sagte Tiina.

»Vielleicht überwintern sie als Samen wie die Blumen«, kam Hanna in den Sinn.

»Vielleicht sollte ich den Blödmann suchen, der die Schiffe versteckt hat, und ihm eins vor den Latz knallen«, überlegte der Rambo.

»Vielleicht sollten wir lieber nach Hause gehen, bevor meine Mama uns erwischt«, sagte Mika weinerlich. Mika ist eine alte Heulsuse.

»Vielleicht halten die Schiffe im Winter Winterschlaf wie mein Papa«, sagte Pekka.

»Dein Papa hält im Winter Winterschlaf?«, fragte Hanna interessiert.

»Und im Sommer«, versicherte Pekka. »Im Winter auf dem Sofa und im Sommer in der Hängematte auf der Terrasse.«

»Vielleicht sollten wir jemanden um Rat fragen.« Timo hatte wieder mal die beste Idee.

Wir schauten uns um, aber in dem verlassenen Hafen gab es niemanden, den man hätte fragen können. Es gab nur einen geschlossenen Hafenkiosk, Fahnenmasten ohne Fahnen und überall solche grauen, glänzenden Buckel. Es sah aus, als hätte jemand riesige Mooshügel mit grauen Planen zugedeckt.

Wir wollten schon wieder nach Hause, als Pekka mal musste. Sein Pech war nur, dass alle Toiletten im Hafen geschlossen hatten und an den wenigen Büschen dort keine Blätter waren. Pekka blieb nichts anderes übrig, als unter eine von den grauen Planen zu schlüpfen. Wir anderen warteten draußen.

»Boah, das müsst ihr sehen!«, hörten wir ihn nach einer Weile rufen.

»Lieber nicht!«, rief Hanna zurück.

»Hier ist ein Schiff!«, rief Pekka.

Da lüpften wir die Plane und staunten. Außer Pekka war dort wirklich auch ein Schiff. Es war kein Ozeanriese, aber mindestens so groß wie der graue Hügel.

»Hier ist noch eins!«, rief Timo, der zu einem anderen grauen Hügel gelaufen war.

»Hier auch!«, rief Hanna.

Es war toll. Der ganze Hafen war doch voller Schiffe, sie standen nur alle auf Holzböcken an Land und waren unter grauen Planen versteckt. Wir rannten herum und jubelten und lüpften eine Plane nach der anderen. Darunter waren die unglaublichsten Kähne: kleine, große, helle, dunkle, kurze, lange, neue und alte. Und dann waren da noch einer mit Bart und einer ohne.

Die mit und ohne Bart waren natürlich keine Kähne. Sie saßen nur unter einer Plane neben einem Schiff und aßen Erbsensuppe direkt aus der Dose. Der mit Bart war ziemlich groß und trug eine abgewetzte Jacke und eine Seemannsmütze. Der ohne Bart war klein und ziemlich dünn. Über das Alter des Bärtigen konnte man nichts sagen, weil man sein Gesicht hinter dem Bart nicht richtig erkennen konnte. Aber auch das Alter des Bartlosen war schwer zu schätzen. Jedenfalls war er ein Hund.

Es dauerte nicht lange, und wir hatten uns alle um die beiden versammelt.

»Was wollt ihr Rotznasen hier?«, fragte der Bärtige. Seine Stimme war dafür, wie er aussah, ein bisschen hoch.

»Ein Schiff«, sagte Hanna.

»Wozu braucht ihr Rotznasen ein Schiff?«, fragte der Bärtige.

»Wir wollen es kaufen«, sagte Timo.

»Womit wollt ihr Rotznasen ein Schiff bezahlen?«, fragte der Bärtige.

»Mit Geld«, sagte ich.

»Und wie viel wollt ihr Rotznasen für das Schiff bezahlen?«, fragte der Bärtige.

»Hunderttausend«, sagte Pekka.

Wir sahen Pekka mindestens so überrascht an wie der Bärtige. Dann stand der Bärtige auf und zog die Plane von seinem Schiff. Der Bartlose bellte nur und wedelte mit dem Schwanz.

»Ich geb euch einen guten Rat«, sagte der Bärtige. »Kauft ein gutes Schiff! So eins wie das hier. Ich verkaufe es euch zum Schnäppchenpreis: hunderttausend Euro!«

Wir schauten uns das Schiff an. Es war nicht sehr groß, vielleicht so lang wie zwei Autos. Es war aus Holz und hatte oben drauf ein Häuschen mit Fenstern. Es sah aus, als wäre es schon ziemlich alt. An einer Seite des Rumpfs fehlten ein paar Bretter, überall war die Farbe abgeblättert, und die Fenster des Häuschens oben drauf waren kaputt.

»*Das* soll ein gutes Schiff sein?«, fragte Timo.

»Ja«, sagte der Bärtige. »Und günstig noch dazu.«

»An einer Seite fehlen Bretter«, bemerkte Hanna.

»Das ist ein Fenster, damit man auch unter Deck lüften kann«, erklärte der Bärtige.

»Aber das Fenster ist dann ja unter Wasser«, sagte Tiina.

»Das soll es auch. So ist es gut versteckt und fällt nicht auf. Außerdem kann man durch solche Fenster die Fische beobachten«, erklärte der Bärtige.

»Den ollen Kahn versenk ich mit einem einzigen Schlag«, sagte der Rambo. »Wenn er überhaupt schwimmt!«

»Und ich versohl dir den Hintern, wenn du mein Klasseschiff anfasst!«, sagte der Bärtige.

»Es ist ziemlich alt«, schätzte Pekka.

»Und du bist ziemlich jung«, schätzte der Bärtige.

»Die Fenster am Häuschen oben drauf sind kaputt«, sagte ich.

»Bei solchen Schiffen gehört das so«, sagte der Bärtige.

»Die Farbe ist überall abgeblättert«, sagte Mika.

»Hört zu, Rotznasen, das hier ist ein Schiff und kein Jahrmarktkarussell«, sagte der Bärtige.

»Wuff!«, gab ihm der Bartlose recht.

Der Bärtige hatte zum Schluss so beleidigt geklungen, dass wir uns nicht weiterzufragen trauten. Auch nicht nach dem Motor des Schiffs, der auseinandergebaut auf dem Boden lag und wie ein Haufen Schrott aussah.

»Also wie sieht's jetzt aus? Kauft ihr Rotznasen das Schiff, oder quasselt ihr nur so rum?«, fragte der Bärtige.

Wir fanden das Schiff toll. Und natürlich wollten wir es dem Lehrer kaufen, der sich bestimmt ganz doll darüber freuen würde. Schade war nur, dass wir keine hunderttausend Euro hatten. Wir hatten nicht mal hundert. Darum waren wir alle sehr überrascht, als Timo Pekkas Vertrag mit dem Lehrer aus der Tasche zog und dem Bärtigen gab.

»Reicht das als Sicherheit?«, fragte Timo.

Der Bärtige las den Vertrag aufmerksam durch. Und darin stand ja ganz deutlich, dass der Lehrer hunderttausend Euro dafür bezahlen würde, dass Pekka zur Schule ging und Timo für ihn das Einmaleins übernahm. Der Bärtige konnte also sicher sein, dass er sein Geld bekam.

»Darum heißt es auch Sicherheit«, erklärte uns Timo.

»Und wer ist dieser Superstar?«, fragte der Bärtige schließlich.

Wir zeigten auf Pekka, der mit Mittel- und Zeigefinger ein V machte und cooler hinter seiner Sonnenbrille vorlächelte als je zuvor. Pekka sah mindestens so cool aus wie der Eckzahn eines Schlittenhundes.

»Noch ziemlich unbekannt, was?«, sagte der Bärtige.

»Aber echt cool«, bemerkte Hanna.

»Und ziemlich jung«, bemerkte der Bärtige.

»Aber sehr reif für sein Alter«, behauptete Tiina.

»Kann er singen?«, fragte der Bärtige.

»Das muss er nicht. Dazu hat er schließlich einen Manager«, erklärte ich.

»Die Sonnenbrille sitzt schief«, sagte der Bärtige.

»Sonderanfertigung. Bei der gehört das so«, erklärte Timo.

»Ziemlich klein und blass«, bemerkte der Bärtige.

»Hören Sie zu, Herr Schiffsverkäufer, das hier ist ein Superstar und kein Zirkusclown. Pekka ist vielleicht ein bisschen mickrig, aber hunderttausend Euro sind es nicht«, sagte Timo schlau.

Der Bärtige schaute noch einmal in den Vertrag. Der Bartlose schnupperte an Pekkas Hosenbein.

»Da fehlt die Unterschrift«, bemerkte der Bärtige.

»Die ist auf meiner Stirn«, sagte Timo und zeigte es ihm.

»Obladi, oblada – hört sich nach einem Ausländer an«, sagte der Bärtige immer noch ein bisschen misstrauisch.

»Er ist unser Lehrer«, berichtete Hanna.

»Und wann bekomm ich das Geld?«, fragte der Bärtige.

»Sobald *wir* es von unserem Lehrer bekommen«, versprach Timo.

»Was denkst du?«, fragte der Bärtige den Bartlosen.

»Wuff!«, sagte der Bartlose und schleckte mit der Zunge über Pekkas Knöchel.

»Abgemacht«, sagte der Bärtige und streckte die Hand aus.

Timo schlug ein, und wir anderen lächelten still vor Glück. Wir besaßen ein Schiff! Oder jedenfalls fast. Sobald unser Lehrer Timo hunderttausend Euro dafür bezahlte, dass Pekka zur Schule ging, konnten wir das Schiff bezahlen, das wir dem Lehrer geben würden, damit Pekka nicht ein Jahr länger zur Schule gehen musste. – Es war alles ganz einfach.

»Pekkas Vertrag bleibt hier, bis ich das Geld von euch bekomme. Wenn ich *kein* Geld bekomme, behalte ich das Schiff und trete für euren Lehrer in den Vertrag ein«, sagte der Bärtige.

Was das bedeuten sollte, verstand nicht mal Timo. »Und was heißt das?«, fragte er.

»Das heißt, dass euer Superstar Pekka mit mir und meinem vierbeinigen Kumpel zu einer Welttournee in See sticht, wenn ich das Geld nicht bekomme«, erklärte der Bärtige.

»Klingt fair«, sagte Timo, aber mit einer Stimme, als wüsste er immer noch nicht recht, was er davon halten sollte.

»Yeah!«, freute sich Pekka. »Ich steh auf Welttourneen!«

Elviira

Wir fanden den Bärtigen ganz schön großzügig. Pekka gehörte ihm jetzt, und trotzdem durfte Pekka noch ganz normal zu Hause wohnen und zur Schule gehen. Erst wenn wir das Schiff nicht bezahlten, würde er mit Pekka auf Welttournee gehen, aber wir *würden* ja bezahlen. Wir hatten echt Glück, dass wir so einen netten und verständnisvollen Schiffsverkäufer gefunden hatten.

Schade war nur, dass unser Lehrer nicht so nett und verständnisvoll war. Timo fragte ihn ganz freundlich, wann er denn die hunderttausend Euro bezahlen wolle, die in Pekkas Vertrag vereinbart waren, und er sagte:

»Sobald ihr mir einen Hahn bringt, der goldene Eier legt.«

Da wussten wir, dass er uns reinlegen wollte. Ein goldene Eier legender Hahn wäre nämlich viel mehr wert gewesen als hunderttausend Euro. Wenn wir einen goldene Eier legenden Hahn gefunden hätten, hätten wir ihn sowieso gleich dem Bärtigen für das

Schiff gegeben, das wir unserem Lehrer geben wollten, der leider nicht wusste, was gut für ihn war.

»Wie viel ist sechs mal sechs?«, fragte er Pekka.

»Die Eiche«, antwortete Pekka.

»Mein Klient weigert sich zu antworten«, sagte Timo.

»Sag deinem Klienten, dass er noch als zahnloser Opa in derselben Klasse sitzt, wenn er das Einmaleins nicht lernt«, sagte der Lehrer. Dann ging er ans Fenster und kaute an den Fingernägeln.

Nach der Schule hielten wir eine Versammlung ab. Wir versammelten uns bei Pekka zu Hause, weil Pekkas Mutter am Tag davor gebacken hatte.

Wir mampften Rosinenbrötchen und betrachteten die vielen Poster an den Wänden von Pekkas Zimmer. Auf allen Postern war dieselbe Frau, aber keiner von uns wusste, wer sie war.

»Das ist Elviira«, erklärte Pekka.

»Ach so«, sagten wir, obwohl immer noch keiner wusste, wer sie war.

»Elviira ist ein Superstar«, erklärte Pekka ein bisschen genauer. »Genau so einer werde ich auch. Alle werden mich bewundern und sagen: ›He, das ist Pekka. Pekka ist ein Superstar!‹«

Wir schauten uns erst Pekka an und dann noch mal die Poster von Elviira. Beide trugen eine Sonnenbrille, aber da hörte die Ähnlichkeit schon auf. Elviira hatte schwarze Haare, Pekka irgendwie helle, braune. Elviiras Haare fielen bis weit über den Rücken, Pekkas Haare hingen ihm nur in die Augen. Elviira war groß, und Pekka war klein. Elviira hatte einen großen Busen, und Pekka hatte gar keinen. Elviira war berühmt, und Pekka kannte kein Mensch. Elviira hatte ein schickes Cabrio, und an Pekkas Fahrrad fehlte hinten das Schutzblech. Elviira hatte schicke Klamotten, und Pekkas Jeans hatten am einen Knie ein Loch ...

Plötzlich wurde uns klar, dass Pekka *nie* so werden würde wie Elviira. Das fanden wir ziemlich traurig.

»Wenn ich mal so bin wie Elviira, bewundern mich alle, und keiner lacht mich mehr aus, wenn ich was Komisches sage«, sagte Pekka.

Wir anderen sagten nichts. Da stand Pekka auf und hampelte in seinem Zimmer herum. Erst verrückte er das Foto von Elviira, das auf seinem Schreibtisch stand, dann fummelte er an seinem CD-Regal, und die ganze Zeit warf er Blicke in unsere Richtung.

Aber wir wussten trotzdem nicht, was wir sagen sollten. Wir konnten es einfach nicht. Uns steckte irgendwie allen was im Hals, und es waren nicht Rosinenbrötchen, sondern Klöße.

Pekka zog eine CD von Elviira aus dem Regal und legte sie auf. Eine tolle Frauenstimme füllte den Raum. Sie war weich und warm und hatte trotzdem so ein cooles Zittern. Es fühlte sich an, als wäre man an den Strom angeschlossen. Es wurde einem ganz leicht ums Herz, und auf einmal fühlten wir uns alle wieder gut. Unsere Sorgen und Ängste waren wie weggeblasen. Wir lächelten uns an, weil wir wieder sicher waren, dass alles in Ordnung kommen würde. Wir würden die hunderttausend Euro kriegen und das Schiff kaufen, ganz bestimmt! Unser Lehrer hätte ein Schiff, und seine Familie würde damit glücklich werden. Und Pekka? – Wir sahen, wie er auf dem Bett saß und sich leise im Takt der Musik wiegte, und genau da blitzte ein Lichtstrahl zum Fenster herein und traf ihn mitten ins Gesicht. Pekka saß wie ein Heiliger mit Sonnenbrille in einem Sonnenstrahl und sah auf einmal aus – wie Pekka Superstar!

Geld

Allmählich kam uns der Verdacht, dass der Lehrer gar nicht vorhatte, Pekka sein Geld zu bezahlen. Der Verdacht kam uns deshalb, weil er Pekka immer noch keine eigene Garderobe, keinen eigenen Eingang, keine Erfrischungsgetränke und noch nicht mal einen eigenen Parkplatz besorgt hatte. Timo hatte vorgeschlagen, dass sein Klient vorübergehend auch nur die Lehrergarderobe und den Lehrereingang benutzen könne, aber darüber hatte der Lehrer nur gelacht.

»Von mir aus gern«, hatte er gesagt und sich eine Lachträne aus dem Augenwinkel gewischt. »Gebt mir nur gleich Bescheid, wenn ihr die Lehrergarderobe findet. Was mich betrifft, wäre ich die letzten fünfzehn Jahre zufrieden gewesen, wenn ich irgendwo einen eigenen Kleiderhaken gefunden hätte.«

Wir fanden es komisch, dass unser Lehrer etwas so Einfaches so lange gesucht und nicht gefunden hatte. Er musste einen ganz schön schlechten Orientierungssinn haben. Aber uns gleich ein Kreuzchen ins Klassenbuch machen, wenn wir mal eins von unseren Heften nicht fanden! Erwachsene sind manchmal ganz schön unfair.

Von da an wussten wir, dass wir uns das Geld für das Schiff irgendwo anders besorgen mussten. Aber Timo hatte schon einen Plan.

»Also: Woher kriegt man Geld?«, fragte er uns.

»Von Mama«, sagte Tiina.

»Vom Flaschenpfandautomaten«, wusste Hanna.

»Aus den Ohren«, sagte Pekka.

»Wieso aus den Ohren?«, wunderte sich Hanna. »Hast du schon mal Geld aus den Ohren gekriegt?«

»Ja. Einmal hat mein Papa mir sogar welches aus der Nase gezogen«, sagte Pekka.

»Ich zieh deinem Vater sonst wo was raus, wenn er meine Nase nicht in Ruhe lässt«, verkündete der Rambo.

Uns anderen fiel jetzt ein, dass Pekkas Vater ein paar Zaubertricks konnte. Nur Mika nicht. »Ich hab's gewusst. Alle anderen kriegen einen Haufen Geld aus den Ohren und aus der Nase, nur *ich* krieg immer nur mickriges Taschengeld«, sagte er weinerlich.

»Von der Bank«, seufzte Timo. »Geld kriegt man von der Bank!«

Also gingen wir zur Bank. Aber natürlich konnten wir da nicht einfach so reinspazieren. Wir wussten schließlich, dass die Bank ein Platz für Erwachsene ist, wo lauter schrecklich wichtige und reiche Menschen arbeiten. Die würden uns bestimmt nur auslachen, wenn wir einfach so hineinmarschierten und um Geld baten, dachten wir. Also mussten wir schlau sein. Darum beschlossen wir, uns zu verkleiden.

Nur Pekka ging als Pekka, aber er war ja schon der Superstar. Er trug eine Lederjacke, eine Sonnenbrille und an fast allen Fingern Ringe. Die waren nur ziemlich groß, und Pekka musste die ganze Zeit eine Faust machen, damit sie ihm nicht runterrutschten.

Timo ging als Pekkas Manager. Er trug eine Krawatte und eine Aktentasche.

Wir anderen gingen als Pekkas Band, nur Mika nicht, weil er unbedingt als Batman gehen wollte.

Ich hatte eine Mundharmonika, Hanna hatte Klanghölzer, Tiina eine Triangel, und der Rambo hatte Boxhandschuhe an, weil er damit angeblich gut trommeln konnte. Mika trug natürlich einen Umhang und eine Maske. Außerdem hatten wir jeder eine Tasche für das Geld dabei.

Ich glaube, wir sahen toll aus, als wir den Schalterraum betraten. Alle Leute drehten sich nach uns um und schauten uns an. Weiter hinten im Schalterraum gab es so hohe Theken, hinter denen fein angezogene Bankmenschen saßen. Vor den Theken standen normale Menschen, die kleine Zettel in der Hand hielten, auf denen die Nummer stand, wann sie drankamen. Es waren viel zu viele Menschen da, und wir hatten echt keine Lust zu warten, also marschierten wir direkt zu der Tür, auf der *Direktor* stand. Über der Tür brannte ein rotes Lämpchen, aber Timo erklärte uns, dass das nur für normale Menschen gelte. Für Superstars und Rockbands gälten andere Regeln und für Batman natürlich auch.

»Guten Tag!«, sagte Timo zu dem Direktor, der in Wirklichkeit ein ganz normaler Onkel war, der gerade frühstückte.

Der Onkel schaute uns an und sagte kein Wort. Das fanden wir ein bisschen unhöflich, aber wahrscheinlich kam es daher, dass er schrecklich husten musste. Der Onkel Bankdirektor hatte sich ausgerechnet jetzt an seinem Brötchen verschluckt.

»Wir wollten Geld holen«, erklärte ihm Timo, als er zwischendurch kurz mit dem Husten aufhörte. »Also, wo ist es? Wir können's uns selbst in die

Taschen füllen, kein Problem«, sagte Timo, als der Onkel Bankdirektor uns immer noch nur anschaute und nichts sagte. Wir warteten, aber dem Onkel quollen nur die Augen immer weiter aus dem Kopf. Er sah wie ein Laubfrosch aus, und gleichzeitig wurde sein Gesicht immer röter. Es hatte fast schon dieselbe rote Farbe wie das Lämpchen draußen über seiner Tür.

»Ich bin der Manager, und das hier ist Pekka Superstar mit seiner Band«, stellte uns Timo vor. Wahrscheinlich glaubte er, dass das den Onkel Bankdirektor beruhigte.

»Und ich bin Batman«, stellte sich Mika vor, den Timo vergessen hatte.

Aber der Onkel Bankdirektor sagte immer noch nichts, und allmählich ging einem das auf die Nerven. Als Nächstes wurde sein Gesicht rötlich-blau. Wir hatten langsam das Gefühl, dass er vielleicht gar kein gewöhnlicher Bankdirektor war. Und auch kein Laubfrosch. Vielleicht war er eine Art Chamäleon. Ob es auch Menschenchamäleons gab?

Jetzt kam auch noch ein komisches Quietschen aus seinem Mund, und dazu wedelte er mit den Händen vor seinem Hals. Wir fanden, dass der Onkel sich ganz schön komisch benahm. Oder benahmen sich womöglich alle Bankdirektoren so? Wir hatten ja noch nie einen getroffen.

Timo gehörte zu denen, die glaubten, dass er sich ganz normal benahm.

»Ich weiß, was er will: tanzen!«, sagte er.

Also machten wir Musik, und Timo schnippte mit den Fingern den Takt. Wir gaben unser Bestes. Ich blies in die Mundharmonika, Hanna klackte mit den Klanghölzern, und Tiina holte aus der Triangel heraus, was man herausholen konnte. Der Rambo

trommelte mit den Fäusten in die Luft, Mika flatterte durchs Zimmer, und Pekka machte natürlich nichts, weil er ja für alles einen Manager hatte. Dafür war er cool wie die Oberlippe eines arktischen Wolfs. Es war klasse: unser erster Auftritt, und das Publikum ging gleich voll mit!

Das Publikum war der Onkel Bankdirektor, der jetzt aufgesprungen war und schrecklich zappelte

und sich verrenkte, aber alles schön im Takt der Musik. Für einen wichtigen und reichen Mann war er ganz schön gelenkig. Wir hatten einen Riesenspaß und rockten voll ab, bis der Onkel Bankdirektor aus Versehen dem Rambo in den Weg geriet. Da hörten wir plötzlich einen dumpfen Laut, das war, als Rambos Fäuste aus Versehen in den Bauch des Onkels trommelten. Dann machte es »flop«, und aus dem Mund des Onkels kam ein Stück Brötchen geschossen, das quer durchs Zimmer flog und Mika mitten auf die Stirn traf.

»Ich hab's gewusst«, jammerte Mika, »immer krieg *ich* alles ab, sogar wenn ich Batman bin!« Er ist echt eine Heulsuse.

Wir andern hörten auf zu spielen und warteten bange, was der Bankdirektor sagen würde. Bestimmt hatte der Rambo alles verdorben. Wir würden nie Geld bekommen, nie!

Der Onkel Bankdirektor war auf seinen Stuhl gesunken und machte den Mund auf und zu wie ein Fisch. Wir fanden, er konnte wirklich gut Tiere nachmachen. Sein Gesicht hatte jetzt wieder eine ganz normale Farbe, und man hörte ihn atmen. Er hörte sich an, als könnte er nach innen pfeifen. Wir überlegten, ob er vielleicht mitpfeifen wollte, und machten wieder unsere Instrumente bereit, aber Timo schüttelte den Kopf. Also warteten wir weiter. Schließlich hörte der Onkel Bankdirektor auf zu pfeifen, drehte den Kopf und schaute den Rambo an.

»Danke!«, sagte er mit schwacher Stimme.

Wir fanden es natürlich schön, dass der Onkel unsere Musik gemocht hatte, aber wir fanden auch, er hätte etwas mehr Begeisterung zeigen können. Außerdem hätte er sich auch bei uns anderen bedanken sollen, schließlich hatten wir alle unser Bestes gegeben.

»Gern geschehen«, sagte Timo. »Können wir jetzt bitte das Geld haben?«

»Ihr wollt also Geld leihen?«, fragte der Onkel Bankdirektor mit einem schwachen Lächeln.

»Nicht *leihen – haben*«, erklärte ihm Timo.

»So, so«, sagte der Onkel. Dann drückte er einen Knopf an seinem Telefon und sagte: »Irma, könnten Sie bitte hereinkommen?«

Als wir ein paar Minuten später aus der Bank marschierten, waren wir ein bisschen verwirrt. Jeder von uns hatte ein Sparschwein bekommen. Timo hatte noch vorgeschlagen, dass wir für den Anfang auch nur zwei oder drei Taschen voll Geld mitnehmen könnten, wenn es der Bank gerade nicht für mehr reichte. Aber der Onkel Bankdirektor und diese Irma hatten nur gelächelt und uns jedem einen Keks und die Sparschweine in die Hände gedrückt. Dann hatte der Onkel Bankdirektor noch in jedes Sparschwein einen Euro gesteckt und gesagt, dass wir von diesem Euro an Bankkunden seien. Das fanden wir in Ordnung. Wir verstanden nur nicht, was wir mit Sparschweinen anfangen sollten, in denen ein mickriger Euro herumklapperte. Das heißt, bei Mika klapperte er nicht mal, weil er seinen Keks mit ins Sparschwein gesteckt hatte und ihn nicht mehr rausbekam.

»Ich hab's gewusst«, heulte er.

Uns anderen war aber auch zum Heulen zumute. Wir hatten uns solche Mühe gegeben, und unsere Taschen waren noch genauso leer wie vorher.

Frühlingsluft

Das Schiff lag weiter unter der Plane im Hafen. Wir gingen nach der Schule nach ihm schauen, weil wir sonst keine Idee hatten, was wir tun sollten. Ein lauer Wind plusterte die Planen über den Schiffen auf. Die Sonne schaffte es schon durch die Jacken und Mäntel und wärmte den Rücken. Es roch nach Frühling.

Wir lüpften die Plane über unserem Schiff, aber der Bärtige und der Bartlose waren nirgends zu sehen. Vielleicht waren sie Erbsensuppe kaufen gegangen. Oder sie hielten irgendwo anders ihren Mittagsschlaf.

Wir warteten eine Weile, aber als niemand kam, schlüpften wir unter die Plane, um uns das Schiff noch mal genauer anzuschauen.

Unter der Plane war es richtig warm, und das Licht, das sie durchließ, färbte alles grünlich. Wir sahen wie komische Marsmännchen aus. Am hinteren Teil des Schiffes fanden wir, was wir suchten: eine Holzleiter, über die man an Bord klettern konnte.

Im Heck des Schiffes gab es eine Vertiefung*, in die Holzbänke eingebaut waren. Und von der Vertiefung aus kam man in das Häuschen mit den kaputten Fenstern, das wir schon von außen kannten. Drinnen war das Steuerrad, links und rechts waren Bänke, und in der Mitte war ein Tisch. Neben dem Steuerrad war eine schmale Tür zu einer Treppe, die in den Schiffsbauch führte. Wir schauten durch die Tür nach unten und sahen, dass dort mehr Platz war, als wir gedacht hatten. Es gab dort sechs schmale Betten, eine kleine Pantry** und jede Menge Taue und anderes Zeug, das man auf Schiffen braucht.

Wir hätten uns das gern genauer angeschaut, aber in dem dämmrigen Licht trauten wir uns nicht nach unten. Vor dem Häuschen war nur noch ein glattes Holzdeck mit einer niedrigen Reling***. Alles in allem fanden wir, dass es ein tolles Schiff war und dass die kaputten Fenster und alles wirklich nicht so schlimm waren.

»Der Lehrer wird sich freuen«, sagte Hanna.

* Falls irgendwelche Landratten das nicht wissen: »Heck« nennt man das hintere Ende eines Schiffes. Das vordere heißt »Bug«.

** So heißt auf Schiffen eine kleine Küche.

*** Noch mal für Landratten: »Reling« nennt man das Geländer außen an einem Schiff.

»Es ist genau das Richtige für eine Familie mit einem kleinen Kind«, freute sich Tiina.

»Und für Koj und Ote kann er eine Hundehütte vorne vors Häuschen bauen«, schlug Timo vor.

»Ich bin richtig neidisch, dass sie mit dem Schiff über die Meere schippern dürfen«, seufzte ich.

»Oder Pekka«, sagte Timo.

Da hatte er natürlich recht. Wir konnten ja noch nicht wissen, ob der Lehrer mit seiner Familie oder Pekka mit dem Bärtigen und dem Bartlosen in See stechen würde.

Wir wollten gerade gehen, als die Plane hochgehoben wurde und ein bärtiger Kopf darunter auftauchte.

»Sieh einer an, blinde Passagiere auf meinem Schiff!«, sagte der Bärtige.

»Wir wollten uns unser Schiff nur mal ein bisschen genauer anschauen«, erklärte ihm Timo.

»Ich wusste gar nicht, dass es schon *euer* Schiff ist«, wunderte sich der Bärtige. »Oder hab ich schon die hunderttausend Euro und hab's nur noch nicht gemerkt?« Er wedelte mit Pekkas Vertrag, und der Bartlose knurrte dazu und pieselte gegen einen der Holzböcke, auf denen das Schiff stand.

»Es ist alles geregelt«, versicherte Timo. »Wir waren schon bei der Bank.«

Der Bärtige stopfte den Vertrag in die Tasche und lächelte uns an. Unter seinem Bart hatte er einen ziemlich großen Mund.

»Hört sich gut an«, freute er sich.

Dann rollte er den Teil der Plane hoch, der gleich neben dem Schiff noch alles mögliche andere verdeckte. Es kamen ein Stapel Bretter, Werkzeug und viele Eimer Farbe zum Vorschein.

»Ich wollte das gute Stück gerade für den Frühling herausputzen«, erklärte der Bärtige.

Das fanden wir richtig toll von ihm. Natürlich war es auch so schon ein Klasseschiff. Aber bestimmt würde sich unser Lehrer noch mehr freuen, wenn das Schiff auch noch schwamm und keine Möwen durch die Fenster ein- und ausfliegen konnten.

Als der Bärtige fragte, ob wir ihm beim Frühjahrsputz helfen wollten, sagten wir natürlich alle Ja. Nur der Rambo versprach dem Bärtigen eins vor den Bug, wenn er irgendwas putzen müsse. Da wollte der Bärtige dem Rambo das Putzen verbieten, aber der Rambo sagte, er lasse sich nichts verbieten, und wenn er nicht helfen dürfe, werde er den Bärtigen auf die Mastspitze pusten.

Hanna, Tiina und ich kratzten dann Schnecken und alte Farbe vom Schiffsboden, Timo und Mika sägten Bretter, und der Rambo klopfte auf alles mit dem Hammer, was davon nicht gleich kaputtging. Sogar der Bartlose sauste geschäftig hin und her, und der Bärtige war der Chef. Nur Pekka machte nichts. Pekka stand da und war cool wie die Spitze eines Eisbergs.

»Willst du *gar nichts* machen?«, fragte ihn der Bärtige.

»Ich bin ein Superstar«, sagte Pekka.

»Und?«, fragte der Bärtige.

»Ich muss nichts machen, dafür hab ich meine Leute«, erklärte Pekka. »Ein Superstar muss nur da sein und gut aussehen«.

»Aha!«, sagte der Bärtige, der es offenbar begriffen hatte. »Aber den anderen scheint die Arbeit Spaß zu machen. Kriegt man da nicht auch Lust?«

»Doch«, gab Pekka zu. »Aber ich kann trotzdem nicht. So was schadet blitzschnell meinem Ruf. Außerdem repariert Elviira auch keine Schiffe.«

»Elviira?«

»Elviira ist auch ein Superstar. Sie ist die Queen of Rock und ich bin der King*«, erklärte Pekka.

»Aha!«, sagte der Bärtige. »Aber seid ihr denn auch glücklich, Elviira und du?«

»Klar sind wir glücklich«, sagte Pekka. »Darum beneiden uns ja auch alle.«

Da sagte der Bärtige auf einmal nichts mehr, sondern schaute Pekka nur irgendwie ganz merkwürdig an. Dann seufzte er und machte sich an den Farbeimern zu schaffen.

Obwohl Pekka in der Sonne stand, kam es uns plötzlich so vor, als läge ein Schatten auf seinem Gesicht.

* »Queen« ist englisch und heißt Königin, und »King« ist englisch und heißt König. Die »Queen of Rock« ist also die Königin des Rock – aber das weiß wahrscheinlich jeder.

Die Kündigung

Dann bekam der Lehrer einen Brief von seinem Vermieter. Darin stand, dass der Lehrer mit seiner Familie innerhalb von drei Wochen ausziehen musste, wenn das nächtliche Hundegeheul nicht sofort aufhörte. Der Brief tat unserem Lehrer richtig gut. Er hörte endlich auf, an den Nägeln zu kauen, und unternahm etwas.

»Er will Streit – den kann er haben!«, sagte er mitten im Unterricht und rieb sich die Hände. Seine Frau finde, er solle erst noch mit dem Vermieter reden, erzählte er uns, aber er habe die Nase voll.

Wir waren froh, dass wir unseren alten Lehrer zurückhatten.

Als Erstes heulte unser Lehrer durch den Briefkastenschlitz an der Wohnungstür des Vermieters. Wir fanden, dass es ziemlich echt klang. Das fand der Vermieter wohl auch, sonst hätte er bestimmt nicht die Polizei angerufen. Wir hörten ihn telefonieren, weil wir hinter dem Lehrer im Treppenhaus standen und Schilder in die Höhe hielten. Auf den

Schildern stand, dass der Vermieter ein alter Kojotenquäler sei, ein Hundeschinder, ein Schaf im Stinktierpelz, ein Nichtsnutz, den keiner leiden könne, lauter so Sachen.

Nur Pekka hatte was anderes auf sein Schild geschrieben: »Ich bin Pekka!« stand darauf. Wir hatten die Schilder im Kunstunterricht gemalt. Seit unser Lehrer wieder der Alte war, hatte er kein einziges Mal das Einmaleins abgefragt. Stattdessen hatten wir Hunde und Vermieter durchgenommen und gelernt, was ihre besonderen Eigenschaften waren.

Wir heulten alle auch noch durch den Briefkastenschlitz des Vermieters, dann gingen wir ins Freie, um vor seinen Fenstern auf und ab zu marschieren. Wir marschierten auf und ab und sangen: »Die Kojoten sind lustig, die Kojoten sind froh!«

Wir sangen noch nicht lange, da bog ein Polizeiauto um die Ecke. Gleich dahinter kam ein Auto mit einem Zeitungsreporter. Jetzt machte der Vermieter endlich ein Fenster auf. Darauf hatten wir die ganze Zeit gewartet.

»Auseinander!«, befahl der kleine Polizist, der als Erster aus dem Polizeiauto stieg. »Keiner bewegt sich!«

»Und was jetzt zuerst?«, fragte der Lehrer.

»Ruhe!«, befahl der große Polizist, der als Zweiter aus dem Polizeiauto stieg. »Worum geht's hier eigentlich?«

»Darf ich ein Interview machen?«, fragte der Zeitungsreporter, der inzwischen auch ausgestiegen war.

»Mit wem zuerst?«, fragten die Polizisten.

»Der feine Herr da stiftet Kojoten und Kinder zum Heulen an!«, rief der Vermieter aus dem Fenster. Er hatte ein rotes Gesicht mit einem Schnurrbart unter der Nase.

»Und wen zuerst?«, fragten die Polizisten und der Reporter.

»Der feine Herr dort am Fenster giftet gegen Kojoten und Kinder!«, sagte der Lehrer und zeigte auf den Vermieter.

»Und gegen wen zuerst?«, fragte der Reporter.

»Warum tut die Polizei nichts? Seid ihr zu dumm oder zu faul dazu?«, schrie der Vermieter.

»Wer jetzt noch ein Mal den Mund aufmacht, bevor er gefragt wird, hat blitzschnell Handschellen an und einen Knebel im Mund!«, warnte der große Polizist.

»Erst den Knebel, dann die Handschellen«, erklärte der kleine Polizist, obwohl ihn niemand danach gefragt hatte.

Da war auf einmal Ruhe, und der kleine Polizist konnte endlich fragen, worum es hier eigentlich ging.

»Um Leben und Tod«, sagte unser Lehrer.

»Um Ruhestörung und eine Kündigung!«, schrie der Vermieter.

»So, so«, sagte der Reporter und gähnte.

»Was hat der kleine Polizist noch mal gefragt?«, fragte Pekka.

»Pekka hört nicht gut, aber dafür ist er ein Superstar«, erklärte Timo dem Reporter.

»Wirklich?«, fragte der Reporter plötzlich interessiert. Er schlug sogar seinen Reporterblock auf.

»Wirklich«, versicherte Timo.

»Und wie heißt du?«, fragte der Reporter Pekka.

»Pekka.«

»Ich bin sein Manager«, sagte Timo.

»Und *ich* bin sein Lehrer«, sagte der Lehrer.

»Interessant«, sagte der Reporter und schrieb etwas in seinen Block.

»Sie könnten noch dazuschreiben, dass meine

Lieblinge Koj und Ote heißen«, schlug der Lehrer vor.

»Hören Sie auf, diese Bande von Ruhestörern zu interviewen!«, rief der Vermieter. »Ich sage Ihnen, worum es hier geht, nämlich um ein unerträgliches Geheule jede Nacht!«

»*Wer* heult hier jede Nacht?«, wunderte sich der Reporter.

»Die Kojoten!«, platzte es da aus dem Vermieter heraus.

»Sie heulen überhaupt nicht. Das ist ihre *Musik*«, verteidigte der Lehrer seine Hunde.

»Verstehe«, sagte der Reporter und schrieb etwas in seinen Block.

»Ich nicht!«, schrie der Vermieter.

»Verstehe«, sagte der Reporter. Dann wandte er sich wieder an Pekka. »Was ist deine Lieblingsfarbe?«, fragte er.

»Darum geht's hier nicht!«, schrie der Vermieter.

»Und ob«, sagte der Reporter. »So was interessiert die Fans von einem Superstar.«

»Und was ist mit mir? Und mit meinem wohlverdienten Schlaf? Wenn die Polizei nicht bald was unternimmt, mach ich's mit dem Lehrer und seinen

Kojoten, wie ich's schon mit meiner Frau und ihrem elenden Köter gemacht habe!«, drohte der Vermieter. »Die hab ich nämlich auch rausgeschmissen!«

»Sagen Sie, sind Sie eigentlich auch ein Superstar?«, fragte der Reporter ungerührt.

»Nein, Vermieter«, sagte der Vermieter.

»Für Vermieter interessiert sich kein Mensch«, sagte der Reporter.

»Wann ist dein nächstes Konzert?«, fragte der Reporter wieder Pekka.

»Bald«, sagte Timo.

»Und wo?«

»Im Hafen«, antwortete Timo.

»Mit Elviira«, behauptete Pekka.

»Sehr interessant«, sagte der Reporter und klappte seinen Block zu.

Wir fanden das auch sehr interessant. Wir hatten nämlich nicht gewusst, dass Pekka bald ein Konzert geben wollte. Und wir wären nie darauf gekommen, dass er mit Elviira zusammen auftreten würde. Wir wussten ja nicht mal, dass er sie so gut kannte.

Der Reporter stieg wieder in sein Auto, und genau da kam der Vermieter aus dem Haus gerannt. Er schwang einen Besen und wollte dem Lehrer eins überbraten, aber die zwei Polizisten packten ihn unter den Achselhöhlen und hoben ihn in die Höhe.

»Das ist unerhört! Heulende Kojoten dürfen braven Bürgern den Nachtschlaf rauben, und die Polizei tut *nichts*!«, protestierte der Vermieter, während die Polizisten ihn zum Polizeiauto trugen.

Aber der Vermieter tat den Polizisten Unrecht, oder jedenfalls dem großen.

Der holte nämlich seinen Strafzettelblock heraus und bat Pekka um ein Autogramm.

Am nächsten Tag stand zum ersten Mal etwas über Pekka in der Zeitung:

PEKKA UND DIE KOJOTEN GEBEN
EIN KONZERT IM HAFEN

Sensation im Hafen: Der neue Star am Pophimmel Pekka und seine Band Die Kojoten *treten zusammen mit dem Superstar Elviira auf. Das Konzert ist auch deshalb eine Überraschung, weil Elviira sich bekanntlich schon vor geraumer Zeit aus der Öffentlichkeit zurückgezogen hat und seither nicht mehr aufgetreten ist. Es war Pekkas urwüchsiger Rock, der Elviira zu ihrer Rückkehr ins Rampenlicht bewegt hat.*

Pekka ist ein Spross unserer Stadt. Seine Kindheit und Jugend waren nicht einfach, und ein verständnisloser Vermieter, der ihm hartnäckig mit dem Rauswurf aus seiner Wohnung droht, hat den Aufstieg des begabten jungen Mannes nicht leichter gemacht.

»Ein Geheule, weiter nichts!« – so der wenig kunstsinnige Vermieter über Pekkas Musik.

Zum Glück wurde und wird Pekka von seinem Lehrer

Koj und seinem Manager Ote unterstützt. Sie sind die beharrlichen Förderer des jungen Musikers auf dem Weg zum Ruhm.

»Ich habe in ihm schon immer nur den Musiker gesehen«, sagt Pekkas Lehrer im Gespräch mit uns.

Freuen wir uns auf das Konzert! Und seien wir stolz, dass die vorbildliche Jugendarbeit unserer Stadt so großartige Früchte trägt. Bravo Pekka!

Als wir das lasen, waren wir alle schrecklich stolz auf Pekka. Und besonders stolz war unser Lehrer, der auf dem Bild in der Zeitung hinter Pekka und den Polizisten zu sehen war. Das Bild war genau in dem Moment geknipst, als der Vermieter aus dem Polizeiauto flüchten wollte und der Lehrer ihm ein Bein stellte. Vorne auf dem Bild sah man Pekka dem kleinen Polizisten ein Autogramm auf den Mützenschirm schreiben.

Wir staunten immer noch über das Konzert im Hafen, aber natürlich fanden wir es alle eine klasse Idee. Unser Auftritt in der Bank war schon ein toller Erfolg gewesen, da würden wir das Konzert im Hafen bestimmt auch gut hinkriegen.

»Dann sind wir jetzt also seine Band«, sagte ich.

»Und können mit den Einnahmen aus dem Konzert das Schiff bezahlen«, sagte Hanna.

»Hast *du* eigentlich gewusst, dass Elviira verschwunden ist?«, wollte Timo von Pekka wissen.

»Hab ich, ja«, gab Pekka zu.

»Und du meinst, sie kommt wirklich zu dem Konzert?«, sorgte sich Timo.

»Bestimmt«, versprach Pekka.

»Wie kannst du da so sicher sein?«, wunderte sich Hanna.

»So was hat man als Superstar im Gefühl«, sagte Pekka.

Da waren wir beruhigt und freuten uns riesig, dass Elviira mit uns auftreten wollte. Wir hofften nur, dass das Konzert bald stattfand, denn bis zum Ende des Schuljahrs und den Zeugnissen war es nicht mehr lange. Außerdem hatte der Vermieter gedroht, den Lehrer noch in derselben Minute aus der Wohnung zu werfen, in der er selbst aus der Zelle auf dem Polizeirevier herauskam. Dort saß er nämlich, weil er dem kleineren Polizisten die Mütze vom Kopf gerissen und den Schirm mit Pekkas Autogramm aufgegessen hatte.

Die Plattenfirma

Die Plattenfirma war in einem Gebäude weit draußen am Stadtrand. Wir fuhren gleich nach der Schule mit den Fahrrädern hin. Aber Pekka war der Weg viel zu weit. Er drohte, irgendwas anderes ohne Einmaleins zu machen, wenn es weiter so anstrengend war, berühmt zu werden. Dabei hatte Timo ihn nur gebeten, wenn es bergauf ging, nicht so auf dem Gepäckträger herumzuhampeln. Auf Timos Gepäckträger saß Pekka nämlich. Timo war fürs Erste auch sein Fahrer. Und als Manager hatte Timo auf dem Besuch bei der Plattenfirma bestanden. Ein Superstar brauche eine Plattenfirma, ein Superstar ohne Plattenfirma sei wie ein Schiff ohne Meer, hatte Timo gesagt.

»Schnauf nicht so, das stört mich beim Denken!«, moserte Pekka.

Timo sagte nichts. Es ging gerade so steil bergauf, dass er nichts sagen *konnte*.

Die Plattenfirma war dann viel größer, als wir sie uns vorgestellt hatten. In einer Halle waren Regale bis unter die Decke, und Gabelstapler fuhren durch die Gänge und zu LKWs, die an der Laderampe warteten. Das Musikgeschäft sei gigantisch, erklärte Timo, der die tollsten Wörter kennt.

Von der Halle marschierten wir direkt in den zweiten Stock des Bürogebäudes. Hinter einer hohen Theke saß dort eine Tante. Sie trug eine dicke Brille und hatte einen gigantischen Mund, der in genau dem Augenblick aufklappte, als sie uns kommen sah.

»Halt, stopp! Was wollt ihr hier?«, fragte die Tante.

»Eine Platte aufnehmen«, erklärte ihr Timo.

»Eine Platte *was?*«, wunderte sich die Tante.

»Aufnehmen«, sagte Timo. »Genauer gesagt, eine goldene.«

»Und danach eine diamantene«, fügte Hanna hinzu.

»Und danach eine aus Platin«, sagte ich.

»Und zum Schluss eine Spanplatte«, sagte Pekka.

»Das mit der Spanplatte könnte klappen«, sagte die Tante. »Die anderen dürften ein bisschen teuer werden. – Habt ihr einen Termin?«

»Natürlich nicht«, sagte Timo. »Wie können wir einen Termin haben, wenn wir noch keinen von Ihrem Laden getroffen haben?«

»Gute Frage«, sagte die Tante. »Aber ich kann euch leider trotzdem nicht helfen. Bei uns findet gerade eine Sitzung statt, bei der über neue Platten entschieden wird.«

»Wenn das so ist, *haben* wir einen Termin«, sagte Timo und marschierte schnurstracks an der Tante vorbei bis zu der Tür hinter ihrem Rücken, auf der *Sitzungszimmer* stand.

In dem Zimmer saßen zwei Männer und eine Frau. Sie saßen nebeneinander hinter einem Tisch und blätterten gerade in irgendwelchen Papieren, als wir hereinkamen.

»Ja?«, sagte der Mann, der in der Mitte saß.

Die anderen hoben ebenfalls den Blick und guckten uns ganz merkwürdig an. Wenn Erwachsene so gucken, kann einen das echt nervös machen. Wahrscheinlich wären wir davongerannt, wenn Timo nicht einfach bis drei gezählt und dann gesagt hätte, dass wir loslegen sollten.

Wir hatten natürlich unsere Musikinstrumente mitgebracht, und wir gaben unser Bestes. Ich blies die Mundharmonika, Hanna klackte mit den Klanghölzern, Tiina schlug die Triangel, und der Rambo trommelte in die Luft, während Mika mit wehendem

Batman-Umhang durchs Zimmer flatterte. Nur Pekka machte nichts, weil er ja für alles einen Manager hatte. Stattdessen war er cool wie der Schwanz einer Eismeerrobbe.

Es war klasse. Zum ersten Mal merkten wir selber, was für ein Riesentalent wir hatten. Es war erst unser zweiter Auftritt, und das Publikum ging wieder voll mit. Jedenfalls dachten wir das erst. Aber dann merkten wir, dass die drei uns immer noch so merkwürdig anguckten. Es war echt komisch. Der Bankdirektor zum Beispiel war viel lockerer drauf gewesen, obwohl er nicht mal in einer Plattenfirma arbeitete. Die Onkel und die Tante von der Plattenfirma waren ganz schön lahm.

Also legten wir noch einen Zahn zu. Ich blies in die Mundharmonika wie der große böse Wolf, wenn er das Haus der drei kleinen Schweinchen fortpustet. Hanna haute mit den Hölzern auf den Tisch, dass es klang wie ein wild gewordener Specht. Tiinas Triangel hörte sich an wie ein schrillender Wecker, der Rambo boxte sich selbst k.o., und Mika flatterte über Tische und Stühle. Nur Pekka blieb cool wie der Schnabel eines Pinguins.

Da endlich wachte das Publikum auf. Sie legten

alle drei die Hände auf die Ohren und winselten um Gnade. Es war oberklasse. Der Rock, den wir spielten, war erste Sahne.

Als wir aufhörten, tat die Stille in den Ohren weh.

»Und?«, fragte Timo.

»Ein ziemliches Getöse«, meinte der eine Mann, der eisgraue Haare hatte.

»Ich musste an meine Kindheit denken. Wir haben neben einem Kieswerk gewohnt«, erinnerte sich die Frau.

»Bestimmt fragen sich eure Eltern, wo ihr seid«, vermutete der zweite Mann, der einen Anzug und Krawatte trug.

Wir waren vielleicht sauer! Diese Jury war eindeutig gemein und ungerecht. Noch gemeiner und ungerechter als bei »Finnland sucht den Superstar«.

»Aber eine Platte machen Sie trotzdem mit uns?«, fragte Timo, und wir hörten genau, wie er sich anstrengte, damit man ihm seine Enttäuschung über die Jury nicht anmerkte.

»Wohl kaum«, sagte die Frau.

»Unsere Platten sind, wie soll ich sagen – anders«, erklärte der Eisgraue.

»Eure Eltern machen sich bestimmt schon Sorgen, wo ihr bleibt«, versuchte es der Krawattenmann.

Aber so schnell gaben wir nicht auf.

»Übrigens finden wir Sie drei auch nicht so nervenzerfetzend«, sagte Timo mutig.

»Sie sind nämlich schon ganz schön angestaubt«, sagte ich.

»Und Sie glauben scheinbar, man könnte mit Kindern wie mit Erwachsenen reden. Aber das kann man nicht!«, empörte sich Hanna.

»Kinder haben nämlich noch eine Zukunft«, sagte Tiina. »Und Sie haben nur eine Vergangenheit!« Ich glaube, das hatte sie irgendwo gelesen.

»Wehe, wenn ich den erwische, der mich k.o. geboxt hat!«, drohte der Rambo, der gerade wieder zu sich kam.

»Und ich sag's meiner Mama, dass Sie Kinder entmutigen, statt ihnen Mut zu machen«, versprach Mika weinerlich.

»Krieg ich jetzt endlich meinen eigenen Parkplatz?«, moserte Pekka.

Alle redeten durcheinander, und Timo hatte nicht mal Zeit, eigene T-Shirts für unsere Band zu verlangen, weil jetzt nämlich die Tante mit dem gigantischen Mund ins Zimmer kam.

Zum Glück war sie eigentlich ganz nett. Sie brachte uns jedem eine eigene kleine Platte. Die Platten waren gerade so groß, dass man sie gut tragen konnte. Wahrscheinlich waren es Muster. Ich bekam eine Hartfaserplatte, Hanna eine Tischplatte, Timo eine Gipsplatte, Mika eine Sperrholzplatte, Tiina eine Styroporplatte, der Rambo eine Regalplatte und Pekka seine Spanplatte. Das war von jeder Sorte Platten, die sie dort hatten, eine. Beim Weggehen sahen wir dann das Schild: *Möbel-, Bau- und Heimwerkerplatten aller Art.*

»Das ist nicht schlecht gelaufen«, sagte Timo, als wir wieder nach Hause radelten.

»Wirklich?«, wunderten wir uns.

»Ja. Alle echten Superstars verkrachen sich irgendwann mit ihrer Plattenfirma, das ist allgemein bekannt«, erklärte Timo.

Wir fanden die Welt der Superstars immer merkwürdiger.

Die Reparatur

Die Reparatur des Schiffes dauerte dann doch länger, als wir erwartet hatten. Manchmal konnte man abends kaum sehen, was man tagsüber geschafft hatte. Dabei waren wir ja viele, und wir schufteten jeden Tag, weil wir das Schiff so schnell wie möglich seetüchtig haben wollten. Nicht dass der Lehrer und seine Familie noch obdachlos wurden!

Hanna und ich kratzten immer noch den Schiffsboden sauber, Tiina ölte die Planken an Deck, und Timo, Mika und der Rambo halfen dem Bärtigen den rostigen Motor auseinandernehmen und schmieren. Nur Pekka machte nichts. Er stand ein Stück abseits, hatte die Hände in den Taschen seiner Lederjacke und wartete.

»Worauf wartet der Herr Superstar eigentlich?«, fragte der Bärtige.

»Darauf, dass Elviira sich bei ihm meldet und ihm sagt, wann das Konzert stattfindet«, erklärte Timo.

»Alle wissen doch, dass Elviira sich aus dem Geschäft zurückgezogen hat«, sagte der Bärtige.

Wir schauten Pekka an. Er sah gleichzeitig traurig und echt gut aus. Es tat uns richtig leid, dass er sich nach etwas Unerreichbarem sehnte. Aber genau das war auch irgendwie toll. Ein Superstar, der sich zum Beispiel ein neues Fahrrad wünschte, wäre nicht halb so interessant gewesen wie einer, der unbedingt ein Konzert mit seinem großen Idol* geben wollte.

Pekka warf uns von hinter seiner Sonnenbrille rätselhafte Blicke zu und trat von einem Bein aufs andere.

»Möchte der Herr Superstar vielleicht doch das Schiff reparieren helfen? Es verkürzt die Wartezeit, wenn man was tut«, sagte der Bärtige.

Pekka zögerte kurz, dann wandte er sich ab.

»Er will nicht reparieren helfen. Er will einen eigenen Parkplatz«, erklärte Timo.

»Und eine eigene Garderobe«, fügte Hanna hinzu.

»Und Erfrischungsgetränke«, sagte Tiina.

»Und Ruhm«, wusste Mika.

»Und einen Leibwächter«, sagte der Rambo.

Das war bisher noch keinem eingefallen, aber es stimmte.

* Falls es jemand nicht weiß: Ein Idol ist ein großes Vorbild.

»Ihr habt ja alle keine Ahnung!«, schrie da Pekka plötzlich. »Um all die blöden Sachen geht's mir überhaupt nicht! Wegen denen will ich ganz bestimmt kein Superstar werden!«

Das überraschte uns jetzt. Bisher waren wir uns ganz sicher gewesen, dass Pekka genau deshalb ein Superstar werden wollte. Damit er so viel wie möglich haben konnte und so wenig wie möglich dafür tun musste.

»Und warum willst du sonst ein Superstar werden?«, fragte der Bärtige.

»Weil ich die Welt ein bisschen besser machen will«, sagte Pekka. »Ich will, dass es keine Kriege mehr gibt auf der Welt und dass die Größeren nicht immer die Kleineren ärgern. Ich will, dass die Reichen den Armen helfen und die Gesunden den Kranken und dass die Hunde die Katzen mögen. Alle sollen Freunde sein, die Mädchen sollen die Jungen nicht mehr dauernd küssen wollen, und die Eisportionen sollen größer werden und das Badewasser in den Seen an Mittsommer wärmer. Außerdem soll Finnland Eishockey-Weltmeister werden, und niemand soll mehr einsam sein, und Leute wie ich sollen nicht das Einmaleins lernen müssen.«

Wir waren sprachlos. Sogar der Bartlose sagte nichts und starrte Pekka nur verwundert an.

»Er hat jetzt eine Phase, wo ihm klar wird, was im Leben wichtig ist«, erklärte Timo schließlich. »Die haben früher oder später alle Superstars.«

Wir anderen schwiegen weiter. Keinem von uns wäre je in den Sinn gekommen, dass in Pekkas Kopf so viele Gedanken Platz hatten.

»Toll!«, sagte der Bärtige. »Wer so viel zu sagen hat, sollte unbedingt versuchen, das auch in seiner Musik und seinen Liedern auszudrücken.«

Von da an überlegten wir alle zusammen, wie man aus Pekkas tollen Gedanken ein tolles Lied machen könnte. Es sollte ein Klasselied sein, das richtig abging und trotzdem tiefsinnig war und klug. Große Gedanken in ein kleines Paket geschnürt, erklärte Timo. Ein Lied, das in den Menschen etwas zum Klingen brachte. Dass die Seele der Zuhörer berührte. Und außerdem brauchte es einen Refrain.

»Yeah, yeah, yeah!«, schlug Timo vor.

»Dideldum«, schlug Hanna vor.

»Da-da-da«, war mein Vorschlag.

»Lalilala«, war Tiinas Vorschlag.

»Bumbum«, schlug der Rambo vor.

»Obladi, oblada«, versuchte es Mika.

Aber nichts davon hörte sich richtig an.

»Klingt alles nicht schlecht«, sagte der Bärtige. »Aber wir bräuchten etwas, das noch mehr nach Pekka klingt.«

Das war ganz schön schwer, und so sehr wir uns auch den Kopf zerbrachen, es fiel uns einfach nichts Richtiges ein.

Und plötzlich merkten wir, dass Pekka verschwunden war. Wir machten uns schon Sorgen, dass er sich ein Beispiel an seinem Idol Elviira genommen hatte, aber dann fanden wir ihn hinter dem Schiff. Er reparierte das große Loch an der Seite. Außerdem hatte er dem Schiff einen Namen gegeben. Mit großen Buchstaben und ein bisschen in seiner Handschrift stand vorne am Bug: PEKKA SUPERSTAR.

Der Rückschlag

Der Vermieter wurde bald wieder freigelassen. Er kriegte nur Kontaktverbot. Wenn man das bekommt, darf man sich bestimmten Leuten oder Plätzen oder Sachen nicht mehr nähern. Der Vermieter durfte sich keinen Polizistenmützen mehr nähern. Er durfte sich überhaupt keinen Schirmmützen mehr nähern. Und sicherheitshalber auch keinen Hüten mit Rändern und Mützen mit Bommeln. Zu seinem Glück trug kaum noch jemand eine Mütze. Inzwischen war ja schon Mai.

Natürlich würde der Vermieter bald versuchen, unseren Lehrer aus der Wohnung zu werfen, das war uns allen klar. Am klarsten war es natürlich unserem Lehrer selbst. Darum hatte er uns auch zu einem Treffen zu sich nach Hause eingeladen. Der Lehrer hatte einen Plan, für den er uns brauchte.

Wir alle waren ein bisschen nervös, als wir am frühen Abend an der Tür des Lehrers klingelten. In seiner alten Wohnung waren wir zwar mal gewesen, aber nur im Flur. Wie es sonst in einer Lehrerwohnung aussah, wussten wir nicht. Hatte das kleine Kind des Lehrers schon einen eigenen Schreibtisch? Gab es eine große schwarze Tafel an der Wohnzimmerwand? War ihre Stereoanlage ans Schulradio angeschlossen? Schauten sie statt »Finnland sucht den Superstar« Dias von Reisen nach Rom oder ins Heilige Land?

Der einzige von uns, der überhaupt nicht nervös war, war Pekka. Er futterte Schokorosinen, die ihm der Kioskverkäufer beim Marktplatz gegen ein Autogramm gegeben hatte. Pekka bot mir gerade welche an, als das Licht im Treppenhaus aus- und die Tür zur Wohnung des Lehrers aufging. Der Lehrer bat uns herein. Dass gerade ein Handvoll Schokorosinen ins Treppenhaus kullerte, merkte er gar nicht, weil es ja dunkel war. Ich hatte Pekkas Schokorosinenschachtel angeschubst und entschuldigte mich natürlich dafür, aber Pekka zog nur cool einen Schokoriegel aus der Hosentasche, den ihm der Händler aus dem kleinen Eckladen bei der Schule gegen ein Autogramm gegeben hatte. Pekka war schon ziemlich berühmt, und alle seine Taschen waren voller Süßkram.

Dann saßen wir bei unserem Lehrer im Wohnzimmer. Die Frau des Lehrers brachte gerade das Kind ins Bett. Wir waren alle ein bisschen enttäuscht, weil es in der Wohnung des Lehrers überhaupt nichts Besonderes gab, außer vielleicht der Höhle aus Papier und Pappkartons in einer Ecke, in der Koj und Ote wohnten. Man konnte die Augen sehen, mit denen sie uns aus dem Dunkel ihrer Höhle anfunkelten. An der Wand neben der Küchentür hing der persönliche Stundenplan unseres Lehrers, in den außer der Schule auch Küchenarbeit und Wasch- und Putzzeiten eingetragen waren, ziemlich viele sogar.

»Ich sagte euch ja schon, dass ich eure Hilfe brauche«, begann der Lehrer. »Ihr wisst, dass ich ein freundlicher und friedfertiger Mensch bin, das sagen alle, und das sagt auch meine Frau.«

Wir sagten erst mal nichts.

»Aber wenn es um seine Familie, sein Zuhause und seine Haustiere geht, kann auch ein freundlicher und friedfertiger Grundschullehrer zur Furie werden. Dann vergisst er seine gute Erziehung und klappt das Visier herunter, wenn ihr versteht, was ich meine. Ich habe auch gar keine andere Wahl. Unser Vermieter, dieser grausame, herzlose Mensch, der nicht einmal davor zurückschreckt, seine eigene Frau mitsamt ihrem entzückenden Hündchen aus dem Haus zu werfen – dieses Scheusal kann jeden Augenblick vor der Tür stehen, aber wir werden uns nicht in unser Schicksal ergeben! Nein, wir werden kämpfen!«

Die Augen unseres Lehrers waren jetzt seltsam starr, und tief in ihnen drin flackerte ein Licht. Uns schauderte. Aber natürlich waren wir auch stolz, dass wir an seiner Seite kämpfen durften.

»Liebling, könntest du bitte etwas leiser kämpfen! Es ist schon Schlafenszeit«, sagte die Frau des Lehrers, die jetzt ins Zimmer kam.

»Ihr erinnert euch, was ich euch über den Kampf von David gegen Goliath erzählt habe«, sagte der Lehrer ein bisschen leiser.

Aber wir erinnerten uns leider nicht.

»Ihr wisst also, dass auch die Kleinen die Großen besiegen können und die Schwachen die Starken. Sie müssen nur klug sein, und wenn sie zu mehreren sind, müssen sie gut zusammenhalten«, sagte der Lehrer. »So ist es, und genau so werden wir es machen!«

»Gebt nur bitte Acht, dass sich niemand wehtut,

und kämpft so leise, dass das Kind nicht aufwacht!«, bat die Frau des Lehrers.

Wir sahen einander an. Unsere Gesichter glühten vor Begeisterung. Wir waren die Getreuen unseres Lehrers. Wir waren das Volk von Gondor, das es mit Saurons schrecklichen Orks aufnehmen würde.*

Der Lehrer schaute uns allen tief in die Augen, und es war toll. Pekka hörte sogar auf, Schokolade zu mampfen. Nach einer ganzen Weile war es dann Hanna, die als Erste wieder etwas sagte.

»Wir stellen ihm eine Falle«, schlug sie vor.

»Wir kommen auf Pferden«, schlug Tiina vor.

»Wir kesseln ihn ein«, sagte ich.

»Wir treten eine Lawine los«, sagte Timo.

»Wir gehen nach Hause und erzählen es meiner Mama«, sagte Mika.

»Ich verpass ihm eins, dass er denkt, er hätte einen Ork getroffen«, sagte der Rambo.

»Nein, wir schreiben einen Leserbrief«, sagte der Lehrer.

Uns schauderte zum zweiten Mal.

* Falls sich jemand damit nicht auskennt: Das sind die Guten und die Bösen in einem der spannendsten Bücher der Welt. Es heißt »Der Herr der Ringe«.

»Und wir sammeln Unterschriften«, fügte der Lehrer hinzu.

Uns schüttelte es vor Grauen.

»Wir zerpflücken ein für alle Mal die ebenso haltlosen wie plumpen Behauptungen dieses sauberen Herrn«, sagte der Lehrer. »Wir kämpfen mit dem überlegenen Schwert des Wortes und lassen die Menschen in unserer Stadt ihr Urteil sprechen.«

Wir waren platt. Der Plan des Lehrers traf uns wie ein Schock. Wir würden von Tür zu Tür gehen und Unterschriften gegen den Rauswurf der armen Lehrerfamilie sammeln. Zur selben Zeit würde der Lehrer selbst einen geharnischten Leserbrief an die Zeitung schreiben, in dem er die schlimmen Machenschaften des herzlosen Vermieters anprangerte. So weit waren wir mit dem Plan, als es an der Tür klingelte.

»Jetzt schon?«, erschrak der Lehrer und sprang auf. »Er darf euch nicht sehen, sonst riecht er noch Lunte!«

So kam es, dass der Lehrer uns in seiner Wohnung versteckte. Timo versteckte er im Putzschrank, Tiina und Hanna unter den Jacken und Mänteln in der Garderobe im Flur und den Rambo unter dem Sofatisch. Mika und mich deckte der Lehrer einfach mit einer Decke zu, und Pekka musste er nicht verstecken, weil der von selbst in die Höhle von Koj und Ote gekrochen war.

»Guten Abend! Was verschafft mir die Ehre?«, fragte der Lehrer, als er die Tür öffnete.

»Haben Sie etwa Gäste?«, fragte der Vermieter, und man konnte hören, wie dabei seine Nasenflügel zitterten.

»Selbstverständlich nicht. Hier bin nur ich mit meiner bescheidenen und stillen kleinen Familie«, sagte der Lehrer ruhig.

»DER ICH HIERMIT KÜNDIGE!«, schrie der Vermieter.

Wir hielten den Atem an und warteten gespannt darauf, dass unser Lehrer das überlegene Schwert des Wortes schwingen und es dem grausamen Vermieter ordentlich geben würde. Aber der Lehrer sagte nichts. Er sagte erst etwas, als der Vermieter merkte, dass er auf Pekkas Schokorosinen stand.

»Na, so was!«, sagte unser Lehrer da.

»Iiih!«, kreischte der Vermieter und hob die Füße, um sich die Ferkelei unter seinen Schuhsohlen anzusehen. »Was ist das denn?«

»Sieht fast aus wie ... Köttel eines Flughörnchens«, sagte der Lehrer.

»Wie was?«, bellte der Vermieter.

»Köttel. Eines Flughörnchens. Es muss irgendwo im Treppenhaus ein Nest geben«, sagte der Lehrer.

»Das ist der Tropfen, der das Fass zum Überlaufen bringt«, schnauzte der Vermieter. »Ich zähle bis zehn, dann seid ihr aus dem Haus. Alle! Samt Flughörnchen und ihren Kötteln!«

Wir hörten bis in unsere Verstecke, wie der Vermieter vor Ärger schäumte.

»Das wird leider nicht gehen«, erklärte der Lehrer ruhig.

»Wie? Wollen Sie sich etwa weigern?«, schäumte der Vermieter.

»Flughörnchen stehen unter Naturschutz. Man kann sie nicht einfach rauswerfen«, erklärte ihm der Lehrer ruhig.

Da machte der Vermieter ein Geräusch, als flutschte irgendwie die Luft aus ihm heraus. Es hörte sich an, als hätte jemand einen Luftballon losgelassen. Es war so ulkig, dass Mika und mir ein Kichern rausflutschte.

»Was war das?«, fragte der Vermieter.

»Ein Lachender Hans, würde ich sagen. Sehr seltener Vogel. Und sehr geschützt. Scheint so, als würde er hier irgendwo brüten«, erklärte der Lehrer.

Da mussten Tiina und Hanna unter den Jacken und Mänteln an der Garderobe so lachen, dass sie einen Mantel runterrissen und darin eingewickelt über den Flur ins Kinderzimmer rollten.

»Ein Schuppentier, würde ich sagen. In Finnland bisher noch nicht gesichtet«, erklärte der Lehrer.

Genau da erschrak das Kleinkind des Lehrers vor dem Tier und musste weinen.

»Ein Brüllaffe, würde ich sagen. Sehr ungewöhnlich in unseren Breiten«, erklärte der Lehrer.

Es war aber auch wirklich ein Gebrüll! Der Rambo kriegte davon einen solchen Schreck, dass er sich den Kopf am Sofatisch anschlug.

»Ein Känguru, würde ich sagen. Die Zimmer hier dürften ihm ein bisschen zu niedrig sein«, erklärte der Lehrer. »Was meinen Sie, ob der Nachbar über uns etwas dagegen hätte, wenn wir ein paar Löcher in die Decke des Wohnzimmers stemmen, damit es mehr Platz für seine Sprünge hat?«

Bevor der Vermieter antworten konnte, musste Timo im Putzschrank niesen.

»Ein Tapir, würde ich sagen. Hat sein Nest offenbar im Putzschrank und steht ebenfalls unter Naturschutz«, erklärte der Lehrer.

Für einen Augenblick herrschte jetzt Stille, dann hörte man es aus der Höhle von Koj und Ote schreien, und gleich darauf rannte Pekka ohne Hose erst in den Flur und von da ins Treppenhaus. Koj und Ote hatten die Schokolade und Bonbons überall in Pekkas Taschen gerochen, und Pekka war nichts anderes übrig geblieben, als zu fliehen und die Hose zurückzulassen, wenn er nicht samt seinem Süßkram aufgefressen werden wollte.

»Sie müssen nichts sagen, ich sehe es selbst. Ihre heulenden Bestien haben auch noch Nachwuchs bekommen«, stöhnte der Vermieter.

»So ist es. Und da es halbe Kojoten sind, die ebenfalls unter Naturschutz stehen, ist sozusagen die ganze Wohnung hier ein Naturschutzgebiet. Ich selbst bin der Verantwortliche für dieses Gebiet und bitte Sie kraft meines Amtes, es zu verlassen!« Unser Lehrer klang jetzt ganz sanft, aber sehr bestimmt.

»Freuen Sie sich nicht zu früh – ich komme wieder!«, drohte der Vermieter. Aber seine Stimme klang auf einmal seltsam matt.

Am nächsten Tag stand wieder etwas über Pekka in der Zeitung:

SKANDAL – SUPERSTAR HOSENLOS!

Ohne Hose wurde gestern der neue Superstar unserer Stadt beobachtet. Wer am frühen Abend auf der Hauptstraße unterwegs war, konnte den jungen Rockmusiker mit dem Künstlernamen Pekka in Unterhosen vorüberflitzen sehen.

Wir erinnern uns an die 70er Jahre, als so etwas in Mode war – »Flitzer« nannte man die überwiegend jungen Menschen, die damit ältere Mitbürger schockieren wollten. Haben wir es mit einem Wiederaufleben dieses Unfugs zu tun? Oder ist der Fall Pekka nur ein weiteres Beispiel für den schlechten Einfluss der Pop- und Rockmusik auf unsere Jugend?

»Dieser junge Mann ist ein denkbar schlechtes Vorbild für unsere Jugend. Er besitzt bestimmt genügend Hosen, also sollte er sie auch tragen«, erklärte uns die Leiterin des Volkshochschulkurses für gutes Benehmen.

»Wir sollten das Ganze nicht zu ernst nehmen. Es handelt sich um das typische Verhalten eines zornigen jungen Mannes«, erklärte demgegenüber ein Psychologe des Städtischen Jugendamts.

»Pekka ist süß!«, war der Kommentar zweier weiblicher Fans, die unser Reporter in der Straße antraf, in der Pekka noch immer wohnt. Die beiden jungen Damen gaben an, auf den Superstar zu warten und zu hoffen, dass er auf dem Nachhauseweg noch einmal an ihnen vorüberflitzt.

Wir baten auch den Superstar selbst um eine Stellungnahme. »Yeah!«, lautete sein trockener Kommentar.

Ein paar Seiten weiter hinten in derselben Zeitung war ein Leserbrief abgedruckt:

AUCH TIERE HABEN RECHTE!

Tiere haben ein Recht auf ein artgerechtes Leben, das scheinen gewisse Menschen in unserer Stadt nicht zu verstehen. Ich wünschte, dass vor allem eine ganz bestimmte Person, deren Namen ich hier nicht nennen möchte, endlich das Ihre täte und sich mit den Lebensbedingungen von Kojoten vertraut machte. Besagte Person könnte dabei manches Nützliche lernen!

Ich rufe alle diejenigen Mitbürger, die mit mir in dieser Sache einer Meinung sind, auf, sich morgen vor Schulbeginn vor der Schule zu versammeln, wo eine Unterschriftenliste ausliegen wird.

Ein Bürger, Lehrer und Kojotenfreund

Ruhm

Als unser Lehrer am nächsten Morgen zur Schule kam, hatte sich schon eine große Menschenmenge auf dem Schulhof versammelt. Es waren hauptsächlich junge Menschen und vor allem Mädchen. Dem Lehrer standen vor Rührung Tränen in den Augen.

»Danke, danke!«, schluchzte er. »Und ihr seid wirklich alle wegen der Unterschriften gekommen?«

Aus der Menge kam zustimmendes Gemurmel, und alle hielten Stifte und Hefte und Blöcke in die Höhe.

»Äh, ja«, sagte der Lehrer, als er sich wieder gefangen hatte. »Ich bin natürlich froh und glücklich, dass ihr so zahlreich erschienen seid. Ich habe immer an unsere Jugend geglaubt und daran, dass sie sich für die gute Sache begeistern lässt. Es mag so aussehen, als gehe es in diesem Fall nur um das Schicksal einer Familie, aber in Wahrheit geht es um nicht mehr und nicht weniger als den Erhalt der Arten. Ein rücksichtsloser Einzelner will eine einzigartige Umwelt zerstören, aber mit eurer Hilfe, liebe junge

Freunde, werden wir ihn daran hindern. Was bisher eine ganz normale Wohnung in einem Mehrfamilienhaus war, wird in Zukunft ein Naturschutzgebiet sein, ein einzigartiges Reservat, in dem ...«

Es war schade, dass wir nicht mehr erfuhren, was für ein Reservat der Lehrer genau meinte, denn weiter kam er mit seiner Rede nicht. Jetzt kam nämlich Pekka auf den Schulhof geradelt, und die Menge stürmte los, obwohl der Lehrer genau im Weg stand. Alle wollten ein Autogramm von Pekka und ihn anfassen und knutschen, viele machten Fotos mit ihren Handys, und ein paar fielen in Ohnmacht. Pekka kam ganz schön ins Schwitzen, und wer weiß, was noch passiert wäre, wenn er keinen Leibwächter gehabt hätte. Sein Leibwächter war der Rambo. Timo hatte ihn inzwischen eingestellt. Timo ist echt ein Genie, und der Rambo ist ein echt prima Boxer.

Als wir zur ersten Stunde ins Klassenzimmer gingen, sahen der Lehrer und Pekka ziemlich ähnlich aus.

Auf dem Hemd des Lehrers waren Schuhabdrücke, seine Brille war verbogen, und ihm fehlte ein Schuh. Außerdem hatte er richtig schlechte Laune.

Auf Pekkas Hemd war Lippenstift, und von seiner

Sonnenbrille fehlte ein Bügel, den ihm eine seiner Verehrerinnen abgebrochen hatte. Eine andere hatte ihm den linken Schuh ausgezogen. Auch Pekka hatte schlechte Laune, und sie wurde nicht mal besser, als ihm der Lehrer seine Hose zurückgab. Dabei hatte die Frau des Lehrers sogar die Löcher geflickt, die Koj und Ote reingerissen hatten.

»Wie viel ist ein mal sechs?«, fragte der Lehrer.

Pekka zuckte obercool die Achseln.

»Mein Klient ist erschöpft und möchte in dem Zustand nicht antworten. Außerdem sind die Honorarverhandlungen immer noch nicht abgeschlossen«, sagte Timo.

»Dem Nächsten, der Pekka solche Fragen stellt, klopf ich das Einmaleins auf die Nase«, brummte der Rambo.

»Sag deinem Klienten, dass er sich ein für alle Mal über die Folgen im Klaren sein soll, wenn er nicht antwortet«, sagte der Lehrer zu Timo.

»Erst möchte er wissen, wo seine eigene Garderobe, sein eigener Eingang, sein Parkplatz, die Erfrischungsgetränke, die Bücher und die hunderttausend Euro bleiben«, sagte Timo, der ganz schön hartnäckig sein kann.

»Und ich wüsste gern, was aus den Strafarbeiten, dem Nachsitzen und dem Rohrstock geworden ist«, seufzte der Lehrer.

»War das jetzt ein Verhandlungsangebot?«, wollte Timo wissen.

»Nein, das waren nur Erinnerungen an die gute alte Zeit«, sagte der Lehrer. Dabei sah er aus, als blickte er auf etwas irgendwo in weiter Ferne, und auf seinem Gesicht lag ein kleines, aber glückliches Lächeln. Es musste etwas Schönes sein, das er in der Ferne sah. Schade, dass wir es nicht auch sehen konnten. Es wäre bestimmt interessant gewesen. Dann schaute der Lehrer auf einmal wieder ernst.

»Pekka, hör zu«, sagte er. »Ich stelle dir jetzt eine einfache Frage, und wenn du sie richtig beantwortest, bleibst du nicht sitzen – abgemacht?«

Pekka schaute zu Timo, und Timo nickte.

»Wie viel ist sieben mal sechs?«, fragte der Lehrer.

»Die Birke«, sagte Pekka.

»Jetzt kann dich nur noch ein Wunder vor dem Sitzenbleiben retten«, seufzte der Lehrer.

Der Macher

Nach der Schule gingen wir zum Hafen. Unterwegs überlegten wir, was unser Lehrer wohl für ein Wunder gemeint hatte, das Pekka noch vorm Sitzenbleiben retten konnte.

»Meine Mutter sagt, es ist ein Wunder, dass es überhaupt noch Männer gibt, wo sie nicht mal ihre Socken finden«, erzählte Tiina.

»Der brennende Dornbusch in der Bibel war ein Wunder«, erinnerte sich Hanna.

»Wieso soll das ein Wunder gewesen sein?«, sagte Pekka. »Bei uns hat Weihnachten sogar mal der Tannenbaum gebrannt.«

»Der brennende Dornbusch war kein Wunder, sondern eine Erscheinung«, sagte Timo, der sogar so was weiß.

»Mein Vater sagt, dass meine Mutter jeden Morgen mit ihm beim Frühstück sitzt, ist ein Wunder«, fiel mir plötzlich ein.

»Wenn Wasser zu Wein wird, das ist ein Wunder«, erklärte uns Timo.

Da kamen wir gerade im Hafen an, und jetzt verstummten wir. Wir schauten aufs Meer, das in der Sonne glitzerte, und waren ein bisschen ratlos. Wollte der Lehrer Pekka wirklich erst versetzen, wenn Wasser zu Wein geworden war? Und wenn, meinte er dann alles Wasser auf der Welt? Auch das im Meer? Wie würde es dann wohl den Fischen gehen?

Zum Überlegen waren wir stehen geblieben. Jetzt rannten wir los. Wir hatten nämlich ein bisschen Angst, dass der Bärtige und der Bartlose womöglich die Geduld verloren hatten und losgefahren waren. Wir hatten ja immer noch nicht gezahlt.

Wir waren sehr erleichtert, als wir sahen, dass das Schiff noch da war. Nur die Plane war jetzt ganz weg, so wie bei allen anderen Schiffen im Hafen. Es war, als wäre plötzlich der ganze Hafen aus dem Winterschlaf erwacht. Überall sah man Menschen, die alte Farbe von ihren Schiffen kratzten, sie neu anstrichen und die Hämmer schwangen, um alles wieder in Schuss zu bringen. Inmitten all der Prachtstücke sah unser Schiff ein bisschen bescheiden aus, aber irgendwie auch schön gemütlich. Noch ein bisschen Farbe und ein paar neue Scheiben, dann war es geschafft. Wir hatten richtig Lust, uns in die Arbeit zu stürzen. Je früher das Schiff seetüchtig war, desto besser.

Der Bärtige und der Bartlose waren gerade mit Essen fertig. Es hatte Erbsensuppe gegeben. Die schienen sie wirklich zu mögen.

»Sieh einer an, Pekka Superstar mit seinem Gefolge«, sagte der Bärtige, als er uns kommen sah.

»Wir hatten schon Angst, ihr seid losgefahren«, sagte Hanna erleichtert.

»Sie kriegen Ihr Geld, keine Sorge«, sagte Timo. »Wir verhandeln schon mit einer Plattenfirma, und Elviira wird bald bekanntgeben, wann das Konzert mit ihr stattfinden kann.«

Der Bärtige nickte, aber er sah dabei gar nicht glücklich aus. Der Bartlose schaute uns nicht mal an. Wir fanden, die beiden benahmen sich ganz schön komisch.

»Wir sind nicht losgefahren, und wir werden so bald nicht losfahren«, sagte der Bärtige ernst. »Wenn kein Wunder passiert, fährt mit dem Schiff überhaupt niemand los.«

Erst jetzt sahen wir den Motor, den der Bärtige hatte zusammenbauen wollen. Das war ihm leider gar nicht gut gelungen. Überall lagen noch Teile herum, die komischerweise übrig geblieben waren.

Wir hatten allmählich das Gefühl, dass ein bisschen viel Wunder nötig waren, damit Pekka nicht sitzen blieb, der Lehrer und seine Familie ihr neues Zuhause beziehen konnten und der Bärtige seine hunderttausend Euro bekam. Wir setzten uns neben das Schiff und warteten darauf, dass Timo uns einen genialen neuen Plan erklärte. Aber sogar Timo blieb still.

Während wir dasaßen und vor uns hinbrüteten, kam ein großes schwarzes Auto mit einem Anhänger gefahren. Auf dem Anhänger stand etwas mit einer Plane darüber. Das Auto fuhr langsam an den anderen Schiffen vorbei und hielt dann genau bei uns. Ein Mann in einem schwarzen Anzug und mit einer schwarzen Sonnenbrille stieg aus. Er nickte erst dem Bärtigen zu und musterte dann uns, einen nach dem anderen.

»Ist er das?«, fragte er schließlich und zeigte dabei auf Pekka. Am Finger, mit dem er zeigte, funkelte ein fetter goldener Ring.

»Sieht ein bisschen klein aus«, sagte er.

»Klein, aber oho!«, sagte der Bärtige.

»Wie heißt er noch mal?«, fragte der Mann.

»Pekka«, sagte der Bärtige.

»Genau wie mein Vater und meine Großmutter«, erklärte Pekka.

»Klasse Name«, sagte der Mann.

»Darf ich fragen, was Sie von ihm wollen?«, mischte sich da Timo ein.

»Und wer ist jetzt *das*?«, fragte der Mann verwundert.

»Ich bin Pekkas Manager«, erklärte ihm Timo. »Als sein Manager habe ich das Recht zu erfahren, was Sie von ihm wollen und wer Sie überhaupt sind.«

»Sein Manager, so, so. Und wer sind die anderen? Das Fähnlein Fieselschweif* beim Gruppentreffen?«, fragte der Mann.

»Wir sind Pekkas Band«, sagte Hanna.

»*Die Kojoten*«, sagte ich, falls er das nicht wusste.

»Ich bin sein Leibwächter«, sagte der Rambo und hob die Fäuste.

»Und ich bin Batman«, sagte Mika.

* »Fähnlein Fieselschweif« heißt die Pfadfindergruppe von Donald Ducks Neffen Tick, Trick und Track – nur falls das irgendjemand nicht weiß.

Wir verstanden gar nicht, was es da zu lachen gab, aber der Mann kriegte sich fast nicht mehr ein. Erst lachte er nur ein bisschen, aber dann wurde es so schlimm, dass er die Sonnenbrille abnehmen und sich die Tränen aus den Augen wischen musste. Da mussten wir natürlich auch lachen, und für eine Weile war bei unserem Schiff ein Gegiggel und Gegacker, dass die anderen Leute im Hafen zu uns herschauten und die Köpfe schüttelten. Nur der Bärtige blieb immer noch ganz ernst.

»Seht ihn euch an«, sagte der Bärtige, als wir uns wieder beruhigt hatten. »So sieht ein richtiger Manager aus.« Er meinte den Mann im schwarzen Anzug und mit der schwarzen Sonnenbrille.

»Schön, einen Kollegen zu treffen«, sagte Timo. »Vielleicht sollten wir mal zusammen mittagessen. Wie wär's am Donnerstag? Da gibt's bei uns in der Schule Kalbsfrikassee.«

Der Mann hätte fast wieder einen Lachanfall bekommen, das sah man, aber diesmal konnte er es sich verkneifen. Davon kriegte er nur einen schlimmen Schluckauf, und wir schlugen ihm vor, eine Weile die Luft anzuhalten, weil das gegen Schluckauf hilft. Aber er hatte es plötzlich eilig.

»Von jetzt an – hick! – werde ich mich um Pekkas Angelegenheiten kümmern«, sagte er.

Das fanden jetzt wir zum Lachen. Der richtige Manager hatte scheinbar nicht kapiert, dass Timo sich schon um Pekkas Angelegenheiten kümmerte und Pekka ja bestimmt keine zwei Manager brauchte.

»Als Erstes brauchst du eine anständige Band«, sagte der Mann.

Das fanden wir noch mehr zum Lachen. Der richtige Manager hatte scheinbar auch nicht kapiert, dass Pekka schon eine Band hatte. *Wir* waren Pekkas Band. *Die Kojoten*. Der richtige Manager musste in Wirklichkeit ein blutiger Anfänger sein.

»Steig schon mal ins Auto!«, sagte der Mann jetzt zu Pekka und hielt ihm die Beifahrertür auf. »Der Weg zum Ruhm führt nur über mich.«

Wir schauten Pekka an, der Timo anschaute, der den Bärtigen anschaute, der auf seine Füße schaute.

»Wir brauchen ein Wunder«, murmelte der Bärtige. »Wunder sind machbar, aber dafür braucht man einen echten Macher. Er hier ist so ein Macher.«

»Bevor ich's vergesse: Wir müssen noch abladen«, sagte der Macher.

Er ging zum Anhänger und zog die Plane weg. Darunter war ein Schiffsmotor. Er war nagelneu und glitzerte mit dem Meer um die Wette. Er war schön und perfekt, und nirgendwo lagen übrig gebliebene Teile herum. Der Macher hängte den Anhänger vom Auto ab.

»Als Anzahlung für den Superstar, wie abgemacht«, sagte der Macher. »Den Rest bekommst du, wenn er den Durchbruch geschafft hat.«

Dann sahen wir, wie er die Hand ausstreckte und der Bärtige ihm den Vertrag hineinlegte, den Timo dem Bärtigen als Sicherheit überlassen hatte, bis die hunderttausend Euro für das Schiff zusammen waren.

»So ist es das Beste für alle«, sagte der Bärtige müde. »Pekka hat eine echte Chance, ein Superstar zu werden, und ich bekomme mein Geld.«

Erst jetzt verstanden wir, was hier vor sich ging: Der Bärtige hatte Pekka verkauft. Aber wenn die sich mal nicht täuschten! Das würde Pekka nicht mitmachen. Nie würde er seine Band im Stich lassen. Und seinen Manager. Und seinen Leibwächter. Schon der Gedanke daran war lächerlich. Schließlich wollte Pekka nicht nur wegen des Ruhms ein Superstar werden. Er hatte eine Botschaft. Er wollte die Welt verbessern. Pekka wollte, dass alle Menschen Freunde wurden. Also wollte er auch, dass *wir* seine Freunde *blieben*. Wir waren *Pekka und die Kojoten*. Wir waren *eine* Band.

»Kommst du?«, sagte der Macher zu Pekka.

»Und ich krieg endlich eine eigene Garderobe?«, fragte Pekka.

»Logisch«, sagte der Macher.

»Und was ist mit dem Einmaleins?«, wollte Pekka wissen.

»Null Problem«, sagte der Macher.

»Alles klar«, sagte Pekka und stieg ein.

Der Leibwächter

Erst erkannten wir Pekka gar nicht wieder. Seine Haare waren nicht mehr hell, sondern schwarz, und sie standen ab wie die Stacheln eines Stachelschweins. Er trug eine neue, größere Sonnenbrille, eine neue rote Lederjacke, Fransenjeans und einen Ohrring. Auf dem Rücken seiner neuen Lederjacke stand *Pekka and the Rockers*, und neben ihm stand ein riesiger Leibwächter. Der trug genauso eine schwarze Sonnenbrille wie Pekkas neuer Manager und hatte einen Knopf im Ohr, von dem ein Kabel in seinen Hemdkragen ging. Wahrscheinlich hätten wir Pekka überhaupt nicht wiedererkannt, wenn er sich nicht an seinen alten Platz in der Klasse gesetzt hätte.

Da erkannte ihn auch der Lehrer wieder. Nur den Leibwächter kannte der Lehrer nicht.

»Könntest du deinem kleinen Freund bitte sagen, dass er hier nichts verloren hat«, sagte er zu Pekka.

»Nein«, sagte Pekka.

»Suchst du Ärger?«, fragte der Lehrer.

»Nein«, sagte Pekka.

Der Leibwächter sagte nichts. Er fletschte nur die Zähne und schnaubte gefährlich.

»Sieh mal, Pekka, das hat doch keinen Zweck«, sagte der Lehrer. »Du kannst dich um das Einmaleins nicht herumdrücken, und wenn du einen Blauwal mit in die Schule bringst! Beim Einmaleins hilft nur Lernen und Arbeiten. Mit dem Einmaleins ist es wie mit dem ganzen Leben, verstehst du?«

»Nein«, sagte Pekka.

»Und *du* gehst bitte!«, sagte der Lehrer zu dem Leibwächter.

»What?«, fragte der.

»Er spricht nur Englisch«, erklärte Pekka. »Das ist so bei Bodyguards*.«

»Go away! Hau ab!«, sagte unser Lehrer vorsichtshalber in zwei Sprachen.

»Er hört nur auf mich«, sagte Pekka.

»Dann sag du ihm, dass er gehen soll«, sagte der Lehrer.

»Ich kann kein Englisch«, sagte Pekka.

Der Lehrer und der Bodyguard schauten einander in die Augen. Wir hätten schwören können,

* Klar: So heißen Leibwächter auf Englisch.

dass dem Lehrer dabei Qualm aus den Ohren kam, aber das konnte natürlich nicht sein. Unser Lehrer reichte dem Bodyguard höchstens bis zu den Schultern, aber mit seinem Blick hätte er auch einen Tyrannosaurus Rex dazu gebracht, seine Hausaufgaben zu machen. Der Bodyguard wurde jetzt ein bisschen nervös und flüsterte in seinen Hemdkragen.

»In der Klasse wird nicht telefoniert«, sagte der Lehrer und streckte die Hand aus.

Der Bodyguard zögerte einen Augenblick, aber dann zog er brav die Schnur aus seinem Hemdkragen, und wir sahen, dass daran ein schnuckeliges rosa Handy hing.

»Hinsetzen!«, sagte der Lehrer und zeigte auf den Platz neben Pekka.

Der Bodyguard tat, was der Lehrer sagte, und es sah ziemlich komisch aus, weil der Stuhl und der Tisch natürlich viel zu klein für ihn waren.

»Brav!«, sagte der Lehrer. Man konnte hören, dass er sich nicht mit Schülern, sondern auch mit Hunden auskannte. »Glaub bloß nicht, dass die Sache damit erledigt ist«, fuhr er fort. »Ich werde darüber mit deinen Eltern sprechen.«

Dann wandte sich der Lehrer an uns.

»Aufgepasst, ich sag's nur ein Mal!«, begann er, und dann kam's: »Hiermit erkläre ich, dass der Superstar-Unfug ein für alle Mal ein Ende hat!«, sagte er streng. »Von jetzt an konzentrieren wir uns wieder auf den Unterricht, wie es sich in der Schule gehört. Wir lernen das Einmaleins, und wenn wir es schön gelernt haben, machen wir vielleicht einen Ausflug in ein Naturschutzgebiet, das sich interessanterweise mitten in einem Mehrfamilienhaus befindet. Schluss mit allem, was vom Unterricht ablenkt!, sage ich. Und ich dulde auch nichts mehr im Klassenzimmer, was nicht hierher gehört. Wer so etwas mitbringt, dem nehme ich es ab, und er kann es wiederhaben, wenn er fünfzig ist …«

Der Lehrer funkelte uns an, dann ging er entschlossen zu Pekka und dem Bodyguard. Erst wollte er dem Bodyguard und dann Pekka die Brille wegnehmen.

Vielleicht hätte es sich der Bodyguard selbst sogar gefallen lassen, aber das mit Pekka war ein Fehler. Da sprang der Bodyguard nämlich auf, und dafür, dass er so riesig war, war er ganz schön flink. Bevor der Lehrer wusste, wie ihm geschah, lag er unter dem Bodyguard begraben.

»Pause!«, hörten wir ihn mit erstickter Stimme rufen.

Im Fernsehen

Wir staunten, als in der großen Pause der Übertragungswagen eines Fernsehsenders auf den Schulhof gefahren kam. Drinnen in dem Wagen blinkten tausend bunte Lämpchen, und eine Seitenwand war voller Bildschirme. Unter dem Wagen ringelten sich dicke Kabel, die ein paar von den Fernsehleuten bis in unser Klassenzimmer verlegten. Es war ein Musiksender, der ein Live-Interview* mit Pekka machen wollte.

Die Direktorin unserer Schule, die gleichzeitig Pekkas Mutter ist, hatte in der Turnhalle eine große Leinwand aufbauen lassen, damit alle die Sendung sehen konnten. Nach der großen Pause versammelte sich die ganze Schule dort. Es war toll: In unserem Klassenzimmer gab Pekka ein Interview, das in ganz Europa ausgestrahlt wurde.

* Wahrscheinlich müsste man es nicht erklären: Das ist ein Interview, das man genau zur selben Zeit sieht, in der es aufgenommen wird.

Es waren alle gekommen, sogar die Köchinnen aus der Küche und der Hausmeister.

Nur unser Lehrer fehlte. Er war, gleich nachdem er unter dem Bodyguard vorgekrochen war, zur Schulschwester gegangen. Er bräuchte was gegen Schmerzen und blaue Flecken, hatte er gesagt.

Als die Sendung anfing, füllte Pekkas Bild die ganze riesige Leinwand aus. Pekka war so cool wie die Kralle des nordischen Vielfraßes. Wir waren stolz auf ihn, obwohl er uns verraten und im Stich gelassen hatte. Das tat weh, aber wir kannten wenigstens einen Superstar persönlich, das konnte uns niemand mehr nehmen.

Pekka lächelte die Moderatorin an, die ihn interviewen sollte. Es war eine junge Frau in Jeans und Pulli.

»Du bist also Pekka«, begann sie.

Pekka sagte nichts. Er sah so cool aus wie die Rückenschuppe eines Kabeljaus.

»Du stehst kurz vorm Breakthrough und performst schon easy wie einer der ganz Großen* – gibt's dafür eine Erklärung?«, fragte die Moderatorin.

* Sie wollte sagen: »Du stehst kurz vorm Durchbruch und trittst schon so cool auf wie einer von den ganz Großen.«

»Ich kann kein Englisch«, sagte Pekka cool.

»Äh … ich auch nicht. Aber sag, wie wär's mit einer kleinen Kostprobe?«, fragte die Moderatorin.

»Einer kleinen Kostprobe?«, fragte Pekka.

»Ja. Es muss nichts Großes sein«, sagte die Moderatorin.

Pekka kramte in seinen Taschen und zog einen angebissenen Schokoriegel heraus.

»Hier«, sagte er.

»Äh … danke!«, sagte die Moderatorin.

Wir fanden es komisch, dass sie nicht begeisterter war. Schließlich war es der Schokoriegel von einem Superstar, den sie bekommen hatte.

»Nichts zu danken«, sagte Pekka. »Ich hab noch mehr davon.«

Dann lächelte eine Weile Pekka die Moderatorin an und die Moderatorin Pekka.

»Wie heißt du?«, fragte Pekka schließlich.

»Tinde«, sagte die Moderatorin.

»Der Hund von meiner Großmutter hat auch so geheißen«, sagte Pekka. »Es war ein lieber Hund, ein Mops. Du siehst ihm sogar ein bisschen ähnlich. – Magst du Hunde?«, wollte Pekka von der Moderatorin wissen.

»Äh … ist es in Ordnung, wenn *ich* die Fragen stelle?«, fragte die Moderatorin.

Der coole Pekka hatte nichts dagegen.

»Warum wolltest du überhaupt ein Superstar werden?«, fragte die Moderatorin.

»Weil ich das Einmaleins nicht kann«, sagte Pekka.

»Echt? Hast du keine Zeit dafür gehabt, weil du immer nur für deine Karriere arbeiten musstest?«, wollte die Moderatorin wissen.

»Ich musste nicht dafür arbeiten«, sagte Pekka. »Es war genau umgekehrt. Ich bin Superstar geworden, damit ich *nicht* so viel arbeiten muss.«

»Du hast ein aufregendes Leben, stimmt's?«, sagte die Moderatorin.

»Ja«, sagte Pekka.

»Was war bisher das Aufregendste, das du erlebt hast?«, fragte die Moderatorin.

»Als die Kojoten mir die Hose zerrissen haben«, sagte Pekka.

»Echt? Und wo war das?«

»Bei meinem Lehrer zu Hause. Die wohnen dort in einer Höhle.«

»Scheint ein interessanter Typ zu sein, dein

Lehrer. Weißt du, warum er Kojoten in seiner Wohnung hält?«, fragte die Moderatorin.

»Das kannst du ihn selber fragen«, sagte Pekka.

Das stimmte. Das konnte sie wirklich. Unser Lehrer stand nämlich hinter ihr. Er hatte in einer Hand ein Glas Wasser und in der anderen eine Tablette. Wir kicherten und schubsten uns mit den Ellbogen in die Seite, weil man genau sehen konnte, dass unser Lehrer nicht wusste, dass er gerade im Fernsehen war. Jetzt zog er die Augenbrauen hoch und schaute erst Pekka und dann die Moderatorin an.

»Was geht hier vor?«, fragte er. »Hab ich nicht gesagt, dass der Superstar-Unfug ein für alle Mal ein Ende hat?«

»Wer ist das denn?«, fragte die Moderatorin. »Mann, latschen Sie doch nicht durchs Bild!«

»Ich bin der Lehrer des jungen Mannes hier, und dir könnte ich in Sachen angemessene Sprache auch noch einiges beibringen – in welcher Klasse bist du?«, fragte der Lehrer.

»Ich bin schon erwachsen«, sagte Tinde.

»Die Kindheit wird auch immer kürzer«, sagte der Lehrer kopfschüttelnd. »Und ihr beiden geht jetzt bitte in die Pause zu den anderen! Spielt was Schönes, wenn ihr wollt.«

Da musste die ganze Turnhalle lachen, weil wir ja gar nicht in der Pause waren. Wir saßen in der Turnhalle und schauten zu, wie Pekka und unser Lehrer im Fernsehen auftraten. Nur die Frau des Lehrers, die mit ihrer Klasse ganz in unserer Nähe saß, lachte nicht mit. Keine Ahnung, warum.

»Hab ich mich nicht deutlich genug ausgedrückt – ihr sollt in die Pause!«, sagte der Lehrer ein bisschen strenger als zuvor.

»Äh ... das geht jetzt schlecht«, sagte die Moderatorin. »Wir sind noch mitten im Reden.«

»Wie steht's eigentlich mit deinen Eltern? Lassen sie dir solche Auftritte durchgehen?«, wollte unser Lehrer wissen.

Die Frage überraschte uns jetzt. Was hatten die Eltern einer Fernsehmoderatorin mit ihren Auftritten zu tun?

»Glaub bloß nicht, dass die Sache damit erledigt ist«, sagte der Lehrer. »Ich werde darüber mit deinen Eltern reden. Pekka, zeig dem jungen Fräulein, wo die Tür ist!«

Da blieb den beiden nichts anderes übrig, als zu

gehen. Der Lehrer wollte jetzt endlich seine Tablette nehmen, aber da bemerkte er die Fernsehkamera.

Wir lachten uns schief, als wir sahen, wie der Lehrer immer näher an die Kamera heranging und sein Gesicht auf der Leinwand immer größer wurde. Er stellte sein Glas Wasser auf den Tisch, an dem Pekka und die Moderatorin gesessen hatten, und legte die Tablette daneben. Er sah auf einmal aus, als führte er etwas im Schilde.

Durchs Publikum in der Turnhalle ging ein Raunen, als der Lehrer die Daumen in die Nasenlöcher steckte und mit den Zeigefingern die Augenlider nach unten zog. Unser Lehrer sah jetzt wie ein Ferkel aus. Dann streckte er die Zunge heraus, verdrehte die Augen und wackelte mit den Ohren. Wir waren schrecklich stolz auf ihn. Bestimmt war er der erste Lehrer, der live im Fernsehen solche tollen Faxen machte. Und er konnte dazu noch Lieder nur mit den Lippen prusten! Er prustete den ganzen Schneewalzer, vom Anfang bis zum Ende.

Und das war immer noch nicht alles. Der Lehrer schnalzte auch noch »Bruder Jakob« mit der Zunge und machte nacheinander eine Heuschrecke, einen Orang-Utan, unsere Direktorin und seine eigene

Frau nach. Die schaute sich das alles an, bis er ein irisches Volkslied auf dem Kamm blasen wollte. Da stand sie auf und ging aus der Halle.

Wir fanden es richtig schade, dass kurz darauf eine Hand ins Bild kam, die den Lehrer am Ohr vom Tisch wegführte. Er hatte gerade versprochen, dass er zum Schluss noch ehrlich sagen wolle, was er über unsere Direktorin, über die Schüler unserer Schule, über die Schule überhaupt und über einen gewissen herzlosen Vermieter dachte. Wem die Hand an seinem Ohr gehörte, konnte man leider nicht erkennen.

Der Fluch des Ruhms

Nach der Fernsehsendung war unser Lehrer für kurze Zeit berühmt. Er wurde in drei Fernseh-Shows eingeladen, um Faxen zu machen und Lieder zu prusten, und er sollte in zwei Filmen die Hauptrolle spielen. Sogar in einer Kindersendung sollte er auftreten und Donald Duck nachmachen. Aber seine Frau war dagegen. Wir waren zufällig in der Nähe, als sie in der großen Pause darüber sprachen.

»Kommt nicht in Frage«, sagte die Frau des Lehrers.

»Aber warum nicht?«, fragte der Lehrer.

»Das eine Mal hat gereicht«, sagte seine Frau.

»Sie wollen mir vielleicht eine eigene Show anbieten«, träumte der Lehrer.

»Das hätte gerade noch gefehlt«, sagte seine Frau.

»Du solltest dich freuen, dass man mich endlich entdeckt hat«, versuchte es der Lehrer, aber seine Frau blieb hart.

»Sie haben entdeckt, dass du tolle Faxen machen kannst, sonst nichts«, sagte sie. »Niemand interessiert sich dafür, dass du seit fünfzehn Jahren ein toller Lehrer bist. Sie wollen dich beim Fernsehen, weil dich die Leute als Faxenmacher aus dem Fernsehen kennen, das ist alles.«

»Und was ist daran verkehrt?«, fragte der Lehrer.

»Das fragst du dich am besten selber«, sagte seine Frau. »Überleg dir einfach, was wertvoller ist: im Fernsehen Faxen machen oder Kinder unterrichten.«

»Eins steht fest«, sagte der Lehrer. »Als Faxenmacher kann man mehr verdienen.«

»Und als Lehrer kann man ein besseres Gewissen haben«, sagte seine Frau. »Außerdem kannst du gar nicht zum Fernsehen. Abends hast du nämlich keine Zeit. Da musst du deinem Kind Gutenachtgeschichten vorlesen.«

Damit war die Sache entschieden, und wir fanden, die Frau des Lehrers hatte recht. Der Lehrer konnte unmöglich gleichzeitig im Fernsehen auftreten und seinem Kind Gutenachtgeschichten vorlesen. Höchstens hätte er die Gutenachtgeschichten im Fernsehen vorlesen können, aber dann hätte er nicht so gut Faxen machen können. Gleichzeitig vorlesen und Faxen machen geht nämlich nicht, das wussten wir, weil es der Lehrer schon öfter im Unterricht versucht hatte. – Wir fanden, Fernsehstars hatten es ganz schön schwer.

Aber wenn es Fernsehstars schwer hatten, hatten es Superstars noch schwerer. Das konnte man an Pekka sehen. Er hatte jetzt eine eigene Garderobe in einem großen glänzenden LKW, der auf dem Schulhof parkte. In dem LKW war sogar ein Getränkeautomat, aber das Einmaleins konnte Pekka immer noch nicht. Und wenn er das Einmaleins nicht konnte, würde unser Lehrer ihn immer noch sitzen bleiben lassen. Pekkas Manager hatte Angst, das könnte Pekkas Ruf schaden, darum schickte er drei Rechtsanwälte mit ihm in die Schule.

»Pekka, wie viel ist zwei mal sechs?«, fragte der Lehrer, nachdem sich die Rechtsanwälte vorgestellt hatten.

»Im Namen unseres Mandanten weisen wir auf die mangelhaften Lernbedingungen in dieser Klasse hin«, sagte der erste Rechtsanwalt.

»Dann sagen Sie Ihrem Mandanten, dass er's zur Abwechslung mal mit Hausaufgaben versuchen soll«, sagte der Lehrer.

»Unser Mandant bemängelt, dass ihm das Einmaleins von vornherein nicht verständlich genug erklärt wurde«, sagte der zweite Rechtsanwalt.

»Sagen Sie Ihrem Mandanten, dass er das Einmaleins auf der Rückseite seines Rechenbuchs nachlesen kann«, sagte der Lehrer.

»Unser Mandant wird Sie wegen Rufschädigung verklagen«, drohte der dritte Rechtsanwalt. »Da geht es um Millionen!«

»Rechnen Sie Ihrem Mandanten bitte vor, dass er tausend Jahre alt werden muss, bis ich ihm von meinem Lehrergehalt Millionen gezahlt habe«, sagte der Lehrer. Darüber musste er selbst so lachen, dass er sich die Stirn an seinem Tisch anschlug.

Aber so schwer es Fernsehstars und Superstars auch hatten, am schwersten hatten es immer noch wir, Pekkas ganz normale Freunde. Seit er uns im Stich gelassen hatte, fühlten wir uns schrecklich allein. Nicht mal in der Klasse konnten wir mit ihm sprechen. Wenn wir es versuchten, fletschte sein Bodyguard die Zähne und schnaubte so gefährlich, dass wir es lieber bleiben ließen. Und draußen warteten die Fans. Sie kreischten und fielen in Ohnmacht, und es war so ein Trubel, dass Pekka uns nicht mal bemerkte. Wie hatte er uns nur bloß alle verraten können: seine erste Band, seinen ersten Manager, seinen ersten Leibwächter und sogar Batman? Es war nicht zu begreifen.

Eines Nachmittags trollten wir uns wieder traurig zum Hafen, um zu sehen, ob wenigstens der Bärtige schon seine Arbeit gemacht und den neuen Schiffsmotor eingebaut hatte. Wir wunderten uns nicht schlecht, als wir sahen, was dort plötzlich für ein Gewusel war. Bei den Landungsstegen wurde etwas aufgebaut, das wie ein riesengroßes Bushaltestellenhäuschen aussah. Das Knallen von Hammerschlägen und das Brummen von Bohrmaschinen und Akkuschraubern erfüllte die Luft. Alle Schiffe im Hafen waren inzwischen zu Wasser gelassen worden. Oder fast alle: Unseres stand noch auf dem Trockenen.

Aber es sah ganz anders aus. Das Häuschen oben drauf hatte heile Fenster, und es war leuchtend blau und weiß angestrichen. Die Stelle am Rumpf, die Pekka repariert hatte, war überhaupt nicht mehr zu erkennen, und der Name war schön neu aufgepinselt. Unser Schiff war fertig, und das freute uns natürlich. Vielleicht wurde doch noch alles gut. Es war manches schiefgelaufen, aber das Schiff für unseren Lehrer war klasse.

Pekka muss sich entscheiden

Pekka stand in der Mitte seiner großen, hell erleuchteten Garderobe. Auf einem kleinen Tisch an der Seite standen drei Sorten Limonade. Daneben lag ein Stapel Zeitschriften, auf deren Titelseite Pekkas Foto prangte. An der Wand hing ein Pekka-Poster.

Vor Pekka stand ein Tanztrainer, ein kleiner, drahtiger Mensch mit lauter Stimme und flinken Füßen. Aus den Boxen einer Stereoanlage dröhnte Musik, zu der der Tanztrainer ganz schön verzwickte Schritte machte. Pekka sah ihm zu und sah dabei so cool aus wie die Nasenlöcher eines See-Elefanten.

Mit im Raum war auch noch Pekkas neuer Manager, der neuerdings eine tiefe Falte auf der Stirn hatte. Wir waren nicht dabei, aber Pekka hat uns später alles erzählt.

»Ist dir klar, dass das Konzert schon in einer Woche stattfindet?«, fragte der Manager.

»Logisch«, sagte Pekka.

»Wir haben eine Menge Geld in die Sache gesteckt: Die Bühne muss aufgebaut werden, ab morgen sind die Karten im Verkauf, die Band übt eure Stücke, das Fernsehen ist dabei – und du willst nicht mal die paar Tanzschritte lernen!«

»Stimmt«, sagte Pekka.

»Dabei ist alles ganz easy!«, sagte der Tanztrainer und tanzte weiter.

»Klar«, sagte Pekka.

»Und warum tust du's dann nicht?«, fragte der Manager.

»Weil ich's nicht kann«, sagte Pekka.

»Darum bring ich's dir ja gerade bei«, sagte der Tanztrainer. »Was wir hier machen, ist nicht schwerer als ... als das Sechser-Einmaleins.«

»Das kann ich auch nicht«, sagte Pekka.

»Aber du willst es doch bestimmt lernen?«, versuchte es der Manager.

Das fand Pekka jetzt ziemlich merkwürdig. Der Manager war doch gerade dafür da, dass er das Einmaleins *nicht* lernen musste.

»Pass auf, wir machen's dir beide vor«, sagte der Manager.

Von da an tanzte der Tanztrainer vor, der Manager tanzte alles nach, und Pekka schnippte ganz am Anfang noch mit den Fingern den Takt dazu.

»Klasse«, lobte Pekka den Manager, als sie fertig waren. »Das hat nicht schlecht ausgesehen.«

»Und jetzt du!«, japste der Manager. Sein schöner schwarzer Anzug sah ein bisschen zerknittert aus, und auf seiner Stirn war plötzlich eine zweite Falte aufgetaucht.

»Worauf wartest du?«, fragte er, als Pekka sich nicht regte.

»Auf Elviira«, sagte Pekka.

»Ein für alle Mal: Vergiss Elviira!«, schnaufte der Manager. »Elviira war einmal. Ich hab dir tausend Mal gesagt, dass sie nicht mehr auftritt!«

»Dann tret ich auch nicht auf«, sagte Pekka. »Wenn ich's mir genau überlege, hab ich's sowieso satt, berühmt zu sein. Ich steige aus. Lieber helfe ich das Schiff für unseren Lehrer reparieren, damit es fertig wird, bevor ihm der Vermieter kündigt.«

»Klasse Idee!«, sagte der Manager. »Jeder Superstar hat den Ruhm irgendwann satt. Dann sagt er es, und der Ruhm wird noch größer. Ich sehe schon die Schlagzeilen: *Pekka und der Preis des Ruhms!* Wir verkaufen die Exklusivrechte und kassieren dafür Millionen.«

»Okay«, sagte Pekka. »Und ich geh jetzt meine

Freunde suchen. Wahrscheinlich sind sie im Hafen und basteln an dem Schiff.«

Der Manager und der Tanztrainer sahen sich an. Der Manager sah plötzlich krank aus, und der Tanztrainer schüttelte den Kopf.

»Hör zu Pekka, ich erklär's dir«, sagte der Manager. »Erstens bekommt dein Lehrer kein Schiff, wenn du nicht auftrittst, weil dann nämlich kein Geld dafür da ist. Und zweitens hast du keine Freunde mehr. Die hast du nämlich verraten, als du dich für die eigene Garderobe, den eigenen Getränkeautomaten und den Ruhm entschieden hast. – So sieht's aus.«

»Echt?«, wunderte sich Pekka.

»Echt«, versicherte ihm der Tanztrainer.

»Okay«, sagte Pekka. »Aber nicht ohne Elviira.«

»Na schön, ich rede mit ihr«, sagte der Manager müde.

»Bestimmt?«, fragte Pekka.

»Versprochen«, sagte der Manager und zwinkerte dem Tanztrainer zu.

»Okay«, sagte Pekka. »Dann könnt ihr weitertrainieren. Ich muss nach Hause, essen.«

Was dann kam, hat Pekka nicht mehr gehört, weil er ja weg war, aber so ähnlich muss es gewesen sein.

»Willst du wirklich mit Elviira reden?«, fragte der Tanztrainer.

»Ich weiß nicht mal, wo sie ist«, sagte der Manager.

»Und wann willst du's Pekka sagen?«

»Nie.«

»Aber er wird's doch irgendwann merken«, sagte der Tanztrainer.

»Bis er's merkt, steht er auf der Bühne, und dann ist es zu spät«, sagte der Manager finster.

»Aber er kann immer noch nicht tanzen.«

»Wir mieten Tänzer.«

»Pekka kann auch kein Instrument.«

»Dafür haben wir die Band.«

»Er kann auch nicht singen.«

»Die Stimme kommt vom Band.«

»Er kann nicht mal das Sechser-Einmaleins.«

»Er ist berühmt, und die Leute wollen ihn sehen, das reicht«, wusste der Manager.

»Du hast an alles gedacht«, sagte der Tanztrainer anerkennend.

»Das ist mein Job«, seufzte der Manager. Inzwischen hatte er noch eine dritte Falte auf der Stirn.

Die Aufforderung zum Duell

Drei Tage lang sammelten wir Unterschriften dafür, dass die Wohnung unseres Lehrers zum Naturschutzgebiet erklärt wurde. Für uns war das natürlich ein bisschen komisch, weil wir ja wussten, dass unser Lehrer schon ein neues Zuhause im Hafen hatte.

Aber zum Schluss hatten wir richtig viele Unterschriften zusammen. Tiina hatte auf ihrer Liste die Unterschriften von ihrem Vater und ihrer Mutter gesammelt. Ich hatte auf meiner Liste Tiinas, Hannas und Timos Unterschriften gesammelt. Timo hatte die Unterschrift seiner Oma und den Pfotenabdruck ihrer Katze gesammelt. Mika hatte die Unterschrift von Robin* bekommen, obwohl sie, ehrlich gesagt, ein bisschen aussah, als wäre sie von Mikas kleinem Bruder. Aber das wollte Mika natürlich nicht zugeben.

»Die, die mein kleiner Bruder probiert hat, hat

* Falls jemand sich mit Comics nicht auskennt: Das ist der jüngere Partner von Batman.

nicht halb so gut ausgesehen wie die hier«, schniefte er.

Wir standen vor dem Haus, in dem der Lehrer wohnte, und wären auch hineingegangen, wenn uns nicht ein riesiger LKW den Weg versperrt hätte. ZOO stand darauf.

Vor dem LKW stand der Vermieter und redete mit dem Lehrer. Neben ihnen standen zwei Männer in grünen Overalls. Einer von ihnen hatte einen großen Kescher und der andere ein Fangnetz dabei.

»*Sie* öffnen die Wohnungstür, und *wir* schaffen ihre Viecher dorthin, wo sie hingehören: in den Zoo!«, sagte der Vermieter.

»Kommt überhaupt nicht in Frage«, sagte der Lehrer. »Wenn hier einer hinter Käfiggitter gehört, dann Sie!«

»Ich habe einen Bescheid des Amtes für Tierschutz, dass Ihre sämtlichen Viecher unverzüglich in die Obhut des Zoos gegeben werden müssen. Wie Sie selber sagen: Es handelt sich durchweg um bedrohte Arten«, sagte der Vermieter.

»Dann haben sie ja etwas mit Ihnen gemeinsam. Leute wie Sie sind nämlich auch eine bedrohte Art – Sie werden alle irgendwann wegen Dummheit aussterben«, sagte der Lehrer. »Außerdem habe ich die Menschen in unserer Stadt hinter mir.«

Wir wussten natürlich, was er damit meinte, und übergaben ihm die Unterschriftenlisten.

»Hier!«, sagte er und übergab sie dem Vermieter. »Lesen Sie, und geben Sie sich geschlagen!«

Da war der Vermieter erst mal still, und wir waren alle schrecklich stolz, dass wir unserem Lehrer geholfen hatten, seinen herzlosen Vermieter unterzukriegen. Unser Lehrer hatte ein für alle Mal bewiesen, dass der Schwache den Starken besiegen konnte. Nicht die Gewalt regierte die Welt, sondern die Meinung der Mehrheit der Menschen. Und weil es so war, blieb dem Vermieter gar nichts anderes übrig, als unseren Lehrer mit seinen Tieren in Frieden zu lassen.

»Die Menschen in unserer Stadt, na ja«, sagte der Vermieter, der inzwischen die Unterschriften gelesen hatte. »Sechs Namen, ein Pfotenabdruck und das Gekrakel eines gewissen Robin.«

»Das ist kein Gekrakel, das ist die Unterschrift von Batmans jungem Gefährten«, schniefte Mika. »Meine Mama hat gesagt, die findet sie richtig gelungen.«

»Da sehen Sie, sogar Batmans Gefährte ist auf meiner Seite«, sagte der Lehrer, aber seine Stimme klang jetzt ein bisschen weniger siegessicher.

Der Vermieter sagte nichts. Er knüllte nur alle Unterschriftenlisten zu einem Bällchen zusammen und schmiss es in den Kescher des einen Mannes im grünen Overall.

»An Ihrer Stelle hätte ich das nicht getan – Batmans Rache ist fürchterlich!«, drohte ihm der Lehrer.

»Schluss mit dem Unfug!«, sagte der Vermieter. »Erst fangen wir die Tiere ein, dann tragen wir die Möbel heraus – Sie sind gekündigt!« Mit diesen Worten drehte er sich um und ging in Richtung Treppenhaus. »Mir nach!«, rief er den Männern in den grünen Overalls zu.

Aber er kam nicht weit, denn als er ein paar Schritte gemacht hatte, passierte etwas Unheimliches: Unser Lehrer lief hinter ihm her und trat ihn in den Hintern.

Der Vermieter blieb wie angewurzelt stehen. Dann drehte er sich um und starrte den Lehrer an. Wir trauten uns kaum noch zu atmen.

»Haben Sie mich etwa getreten?«, fragte der Vermieter ungläubig.

»Natürlich *nicht*. – Der da war's!«, sagte der Lehrer und zeigte auf den Mann mit dem Kescher.

Aber der Keschermann schüttelte den Kopf und zeigte zurück auf den Lehrer.

»Petze!«, sagte der Lehrer, und da wurde der Keschermann ganz rot.

»Ich dachte, wir könnten die Sache wie unter erwachsenen Menschen regeln, aber schön, dann nicht!«, sagte der Vermieter und zog den Lehrer an der Nase. Wer weiß, was das noch für eine Rauferei geworden wäre, wenn die Männer in den Overalls nicht eingegriffen hätten. Der eine fing den Lehrer im Kescher und der andere den Vermieter im Fangnetz. Da war Schluss mit Raufen. Nur schimpfen konnten sie noch.

»Uhu!«, schimpfte der Lehrer.

»Opossum!«, schimpfte der Vermieter.

»Stinktier!«

»Kröterich!«

»Waldschnepfe!«

»Kakadu!«

»Wiesenschnarrer!«

»Blutegel!«

»Wesp!«

Wir staunten, wie viele Tiere der Vermieter und der Lehrer kannten. Bestimmt hätten sie noch ewig so weitergemacht, wenn nicht gerade die Frau des Lehrers mit dem Kinderwagen vom Einkaufen zurückgekommen wäre. In dem Kinderwagen war außer dem Kind auch ein Stapel Umzugskartons.

»Guten Tag, Verehrteste!«, grüßte der Vermieter aus dem Fangnetz. »Ich würde Ihnen zu gern die Kartons in die Wohnung tragen helfen, aber wie Sie sehen, sind mir leider die Hände gebunden.«

»Hallo, Liebling! Ich komme nach, sobald ich mich hier freimachen kann«, rief der Lehrer aus dem Kescher.

Die Frau des Lehrers sagte nichts. Sie schob nur den Kinderwagen durch die Haustür, die ihr einer der Männer in den grünen Overalls aufhielt.

»Da sehen Sie's, nicht mal mehr Ihre Frau spricht mit Ihnen«, sagte der Vermieter.

»Wenigstens habe ich noch eine«, sagte der Lehrer. »Sie herzloser Mensch haben Ihre ja rausgeworfen.«

»Ich habe nicht meine Frau rausgeworfen, sondern ihren Köter. Ich habe ihr gesagt, sie hat die Wahl: er oder ich«, erklärte der Vermieter.

»Ihre Frau hat eine kluge Entscheidung getroffen«, sagte der Lehrer.

Aber darauf ging der Vermieter nicht ein. Stattdessen sagte er: »Hören Sie, ich mache Ihnen ein allerletztes Angebot: Sie sehen zu, dass Sie Ihre Kojoten loswerden, und ich nehme die Kündigung zurück.«

»Ich kann nicht«, sagte der Lehrer. »Die beiden gehören zur Familie. – Gibt es wirklich keine andere Lösung?«, fragte er.

»Nein«, sagte der Vermieter.

»Wenn es so ist, fordere ich Sie hiermit zum Duell!«, sagte der Lehrer entschlossen.

»Überlegen Sie sich's noch mal!«, sagte der Vermieter ebenso entschlossen. »Sie hätten nicht den Hauch einer Chance gegen mich.«

»Das werden wir ja sehen!«, sagte der Lehrer.

»Dann wählen Sie die Waffen!«, sagte der Vermieter.

»Wer am Sonntag die größere Schlagzeile in der Zeitung hat, hat gewonnen«, schlug der Lehrer vor.

»Abgemacht«, sagte der Vermieter. »Ich sagte doch, Sie haben keine Chance.«

»Wenn ich gewinne, dürfen wir in der Wohnung

bleiben«, sagte der Lehrer. »Wenn ich verliere, ziehen wir aus.«

»Sie *werden* verlieren, verlassen Sie sich drauf!«, frohlockte der Vermieter.

»Ich kämpfe um jeden Millimeter«, sagte der Lehrer dumpf.

Uns schauderte. Aber es war erhebend, dabei zu sein, wenn zwei furchtlose Krieger einander herausforderten. Es war, als wären vor unseren Augen zwei Ritter von der Tafelrunde wiederauferstanden. Das Einzige, was nicht richtig dazu passte, war, dass die furchtlosen Ritter in einem Kescher und einem Fangnetz saßen. Dann blieb auch noch der Kescher mit dem Lehrer in der Türöffnung hängen, und das Fangnetz mit dem Vermieter verhakte sich an der Stoßstange des LKWs. Die Männer in den grünen Overalls kriegten sie lange nicht los, weil sie über irgendetwas schrecklich lachen mussten.

Das Wolkenschiff

Wir kamen in den Hafen, und das Schiff war weg! Dort, wo es den ganzen Frühling über gestanden hatte, lagen nur noch ein paar leere Erbsensuppendosen, um die sich die Möwen stritten. Die graue Plane lag zerknüllt ein Stück abseits, daneben standen die Holzböcke. Nicht weit davon bauten sie jetzt schon die Tribünen für Pekkas Konzert. Was wie ein riesiges Bushaltestellenhäuschen ausgesehen hatte, war die Bühne.

»Jemand hat unser Schiff geklaut«, sagte Hanna entsetzt.

»Wer sollte denn wohl ein ganzes Schiff klauen?«, wunderte sich Tiina.

»Vielleicht ist es gar nicht geklaut«, sagte ich. »Vielleicht hat es der Bärtige nur schon vom Stapel gelassen.«

Wir schauten an den Landungsstegen entlang, wo Schiffe in allen Farben im Wasser schaukelten, aber kein einziges weiß-blaues.

Dann entdeckten wir den Bärtigen und den Bartlosen. Sie schaukelten nicht im Wasser, sondern standen auf dem letzten Landungssteg im Hafen, an dem nur eine Handvoll Schiffe lagen. Der Bärtige schaute aufs Meer, und der Bartlose beschnupperte einen Poller*.

»Das Schiff hat sich losgerissen und ist aufs Meer hinausgetrieben«, sagte Tiina erschrocken.

»Oder es ist untergegangen«, sagte Timo, und wir mussten alle an das Loch im Rumpf denken, das Pekka repariert hatte. Vielleicht hatte er es doch nicht dicht gekriegt. Vielleicht lag das Schiff jetzt irgendwo auf dem Meeresgrund.

»Ich hab's gleich gewusst«, schniefte Mika, die alte Heulsuse.

Wir anderen sagten nichts, weil wir nicht wussten, was wir sagen sollten. Stattdessen gingen wir stumm zu dem Bärtigen und dem Bartlosen auf dem letzten Landungssteg.

Der Bärtige war komischerweise überhaupt nicht traurig, als er uns kommen sah. Ob ihm das Schiff schon so egal war? Klar, es gehörte ihm eigentlich

* Zum letzten Mal für Landratten: So heißen die Pfosten, an denen man Schiffe festbindet (oder wie die Seeleute sagen: »vertäut«).

nicht mehr, aber musste er deshalb gleich so gut gelaunt sein?

Er trällerte sogar ein Seemannslied. Das fanden wir ganz schön grausam, darum sangen wir auch nicht mit. Der Bärtige hatte eine schöne Stimme, und es war ein schönes Lied, aber auch das schönste Lied würde unser Schiff nicht wieder vom Meeresboden heraufholen. Bald würde unser Lehrer kein Dach mehr über dem Kopf haben. Da war nichts mehr zu machen.

Wir gingen traurig zum Ende des Landungsstegs und schauten aufs glitzernde Meer. Es war schrecklich zu wissen, dass etwas, das uns so ans Herz gewachsen war, jetzt irgendwo dort draußen in der dunklen Tiefe lag.

»Ist es dort?«, fragte Timo und zeigte aufs Wasser.

Da hörte der Bärtige auf zu singen. »Nein, dort«, sagte er und zeigte in den Himmel.

Wir nickten stumm. Wir hatten nicht gewusst, dass gesunkene Schiffe in den Himmel kamen. Jetzt wussten wir es und fanden es schön. Der Himmel der Schiffe war bestimmt ein wunderbarer Ort. Dort segelte unser Schiff jetzt übers Wolkenmeer.

»Hat es leiden müssen, oder ist es schnell untergegangen?«, wollten wir wissen.

»Keins von beiden«, lachte der Bärtige. »Es ist flügge geworden wie eine junge Hüpfdohle.«

Das fanden wir jetzt überhaupt nicht witzig. Unser Schiff war vielleicht ein bisschen alt und klapprig gewesen, aber deshalb durfte man es noch lange nicht verspotten. Nicht in so einem Augenblick!

»Selber Hüpfdohle!«, sagte Tiina schnippisch.

»Liegt es sehr tief?«, versuchte Timo sachlich zu bleiben, aber seine Stimme klang dabei ganz heiser.

»Ganz im Gegenteil!«, lachte der Bärtige und zeigte wieder in den Himmel.

Da schauten wir hoch und sahen es. Genauer gesagt, sahen wir nur den Boden, weil es nämlich am Arm eines riesigen Hebekrans hing. Es drehte sich sachte an einem dicken Drahtseil, und wir sahen hoch oben den Kranführer, der wartete, bis es sich genau an die Stelle bewegte, wo er es haben wollte. Als es dort angekommen war, ließ er es vorsichtig herunter aufs Wasser. Das Schiff schaukelte genau vor unserer Nase auf dem Meer, und wir schauten zu, wie der Bärtige es an zwei Pollern vertäute. Wir hätten schreien können vor Freude.

Nachdem er das Schiff festgebunden hatte, hievte der Bärtige seinen Seesack in die Vertiefung am Heck. Der Seesack hatte die ganze Zeit neben ihm gestanden, aber in der Aufregung hatten wir gar nicht darauf geachtet. Auch auf die Kartons hatten wir nicht geachtet, die dort standen, und auf die vielen anderen Sachen, die der Bärtige jetzt an Bord zu schaffen begann: Decken, Wasserkanister, Seekarten, Gasflaschen für die Pantry, eine Rettungsweste und vieles andere, was man für die Seefahrt braucht.

»Was ist da drin?«, fragte Hanna und zeigte auf einen der Kartons.

»Erbsensuppe«, sagte der Bärtige.

»Und in dem da?«, fragte Tiina und zeigte auf einen anderen Karton.

»Auch Erbsensuppe«, sagte der Bärtige.

Da wussten wir, dass wir nach den übrigen Kartons nicht mehr zu fragen brauchten. Wir fanden es natürlich klasse, dass der Bärtige schon alles für den Lehrer und seiner Familie herrichtete. Hoffentlich mochten sie Erbsensuppe.

Ein bisschen komisch fanden wir nur, dass es nur eine Rettungsweste gab, obwohl zur Lehrerfamilie ja drei Personen gehörten. Und zwei Hunde noch dazu.

Vorsichtshalber fragten wir den Bärtigen gleich danach.

»Zu welcher Lehrerfamilie?«, fragte er zurück.

Da fiel uns ein, dass wir ihm ja noch gar nichts von unserem Lehrer erzählt hatten. Er musste also noch glauben, dass wir das Schiff für uns kaufen wollten. Wir fanden, es war höchste Zeit, dem Bärtigen alles zu erzählen, und das machten wir auch. Wir erzählten ihm von unserem armen Lehrer und seiner Familie, von den Kojoten und von dem herzlosen Vermieter, der sogar seine eigene Frau und ihr unschuldiges Hündchen rausgeworfen hatte. Je mehr wir erzählten, desto größer wurden die Augen des Bärtigen, und als wir fertig waren, sah er richtig traurig aus. Er setzte sich auf einen Poller und nahm den Bartlosen auf den Schoß. Er kraulte den Bartlosen hinter den Ohren, und der leckte ihm die Wangen.

Wir trösteten die beiden und versprachen ihnen, dass sich bestimmt noch alles zum Guten wenden würde. Pekka würde sein Konzert geben, der Bärtige würde die Einnahmen aus dem Kartenverkauf bekommen, und die Lehrerfamilie hätte ein neues Zuhause: das Schiff. Dass unser Lehrer das Duell gewinnen würde, glaubten wir nämlich nicht. Mit tollen Faxen kam man vielleicht ins Fernsehen, aber tolle Schlagzeilen kriegte man dafür noch lange nicht. Nein, unser Lehrer würde nicht in seiner Wohnung bleiben können, das stand fest. Und umso besser war es, dass wir das Schiff gefunden hatten und den Bärtigen, der es uns verkaufte und dem wir vertrauen konnten.

»Ja, ja«, sagte der Bärtige, als wir ihm alles erklärt hatten. Er sah auf einmal ganz in sich versunken aus.

»Auf Wiedersehen!«, sagten wir. Es war nämlich Zeit, nach Hause zu gehen.

»Adieu!«, sagte der Bärtige traurig.

»Wieso ›Adieu‹?«, wunderte sich Tiina, als wir ein Stück entfernt waren.

»Seemannshumor«, erklärte Timo.

Das Konzert

Die Bühne für das Konzert im Hafen sah, außer wie ein riesiges Bushaltestellenhäuschen, auch ein bisschen wie der Rachen eines Monsters aus, das die Menschen verschlingen wollte. Es waren Tausende gekommen, um Pekkas erstes Konzert zu hören.

Wir waren schrecklich stolz auf Pekka, aber wir waren auch ein bisschen traurig. Wenn Pekka die eigene Garderobe und der Getränkeautomat nicht wichtiger gewesen wäre, hätten wir jetzt mit hinter der Bühne sein können, um uns auf den großen Auftritt vorzubereiten. Aber wir waren ihm deswegen nicht böse. Wir verstanden, dass er vielleicht nur diese eine Chance hatte, ohne Einmaleins durchs Leben zu kommen.

Wir beschlossen, Pekka wenigstens noch mal zu besuchen, bevor das Konzert losging. Vor dem LKW mit seiner Garderobe trafen wir seinen Manager.

»Was wollt ihr?«, fragte der Manager.

»Pekka für das Konzert Glück wünschen«, erklärte Timo.

»Das wird er brauchen – obwohl ich bezweifle, dass Glück allein reicht«, sagte der Manager mit einem komischen Kichern.

»Wieso?«, wunderten wir uns.

»Er glaubt, dass er mit Elviira singt, aber Elviira wird nicht kommen«, sagte der Manager.

»Wieso nicht?«, wunderten wir uns.

»Weil sie nicht mehr auftritt, darum«, sagte der Manager und kicherte wieder.

Aber zu Pekka in die Garderobe ließ er uns nicht. Da schickten wir Pekka wenigstens Grüße, und der Manager sagte, er würde sie bestellen, er müsse nur erst noch schnell die Einnahmen aus dem Kartenverkauf wegbringen, es seien so hunderttausend Euro. Das fanden wir toll, und wir schlugen vor, dass er das Geld doch bitte gleich dem Bärtigen bringen solle, für unser Schiff.

»Für euer Schiff?«, fragte der Manager interessiert.

Da erzählten wir ihm, dass unser Schiff jetzt frisch herausgeputzt und startklar im Hafen lag.

»Wir können das Geld auch selbst hinbringen«, schlug Timo vor, aber da kicherte der Manager nur wieder komisch und verschwand. So fröhlich war uns der Manager am Anfang gar nicht vorgekommen.

Als er gegangen war, schauten wir über die riesige Menschenmenge, und uns wurde ein bisschen mulmig. Wir dachten an Pekka, der immer noch glaubte, dass Elviira dabei war, wenn er vor den vielen Leuten auf die Bühne trat. Dabei würde sie gar nicht kommen ...

»Pekka wird schrecklich enttäuscht sein«, vermutete Hanna.

»Elviira ist Pekkas Idol«, erinnerte sich Tiina.

»Sollten wir ihn nicht lieber warnen?«, fragte ich.

Wir schauten zu Pekkas LKW, vor dem jetzt der Bodyguard stand. Als er sah, dass wir zu ihm hinschauten, fletschte er die Zähne und schnaubte.

»Hört zu, ich habe einen Plan!«, sagte Timo, und wir waren wieder mal froh, dass wir ein Genie in der Klasse hatten.

Die vielen Zuschauer waren gekommen, weil gleich zwei Stars aus unserer Stadt auftreten sollten, und auch noch zusammen. Wahrscheinlich waren sie auch neugierig auf Pekka, weil ja noch niemand einen Auftritt von ihm gesehen hatte. Auch wir selbst nicht, wenn man es genau nahm. Bis jetzt hatte Pekka ja nur bewiesen, wie cool er sein konnte. Aber ob das auf einer Bühne vor Tausenden von Menschen reichte? Wir hatten plötzlich so eine Ahnung, dass es *nicht* reichen würde, selbst wenn Pekka so cool wie Eisbärspucke war.

Als die Abenddämmerung einsetzte, gingen die Scheinwerfer an. Dann kam Pekkas Band auf die Bühne und legte los. Wir fanden natürlich, dass sie nicht so gut spielten wie wir, aber wir mussten zugeben, dass sie richtig schön laut waren. Die Gitarre jaulte, das Schlagzeug donnerte, und der Bass dröhnte, dass man es bis tief in den Bauch spüren konnte. Ein paar klasse Tänzer tanzten dazu, und die Stimmung war toll.

Zwei Stücke lang ging das so, dann spielte auf einmal nur noch das Schlagzeug. Es spielte einen leisen Trommelwirbel, der allmählich lauter wurde. Das Publikum hielt den Atem an. Dann knallten zwei Böller, und weißer Rauch quoll auf die Bühne. Die Scheinwerfer strahlten nur noch die Mitte der Bühne an – und da kam Pekka!

Ehrlich gesagt sah er für einen Superstar ganz schön mickrig aus, ein bisschen wie ein kleiner Käfer, der sich in einem riesigen Parkhaus verlaufen hatte. Aber alle mussten zugeben, dass er unglaublich cool aussah. Pekka sah so cool aus wie der Rüssel eines Mammuts.

Der Trommelwirbel verstummte, als Pekka das Mikrofon ergriff. Die Spannung wuchs. Es war, als hätte jemand einen riesigen Luftballon aufgeblasen, der zum Nachthimmel aufstieg, bis Pekka ihn zum Platzen brachte. Dann sagte er endlich was.

»Wo ist Elviira?«, fragte er. Die Stimme kam wie ein Knall und verhallte dann über den Köpfen des Publikums. Auf einmal war es totenstill, und Pekka sah nur noch einsam und verloren aus. Nichts war mehr cool an ihm. Er war nur noch ein kleiner Junge auf einer riesengroßen Bühne.

»Hat jemand Elviira gesehen?«, fragte er, aber das Publikum wusste es ja leider auch nicht.

Ich glaube, er wollte die Frage noch mal stellen, als plötzlich das Wunder passierte und Elviira die Bühne betrat. Sie hatte lange schwarze Haare, trug eine Sonnenbrille und ein superschickes langes Kleid. Sie sah genauso aus wie auf den Postern, die wir in Pekkas Zimmer gesehen hatten. Oder fast genauso. Die Elviira auf der Bühne war nämlich nur ein kleines bisschen größer als Pekka, und auch ihr Busen war kleiner als auf den Postern und ein bisschen schief. Sonst sah sie aber klasse aus.

Ein Raunen ging durchs Publikum, als es Elviira kommen sah. Und das Raunen wurde noch lauter, als Elviira über ihr superschickes Kleid stolperte und eine Orange aus ihrem Kleid auf den Boden fiel. Timo hatte die Orange am Hafenkiosk gekauft, und sein Geld hatte leider nur für die eine gereicht. Darum war Elviiras anderer halber Busen aus der Papiertüte gebastelt, die ihm die Kiosk-Verkäuferin für die Orange gegeben hatte. – Das auf der Bühne war eine falsche Elviira, und in Wirklichkeit war sie Timo. Ihr Kleid war aus grauer Plane und das Haar aus Putzwolle. Aus der Ferne sah aber alles richtig echt aus. Bestimmt würde außer uns niemand was merken.

»Ich dachte, Sie wären größer«, sagte Pekka und starrte auf die Orange, die Timo gerade wieder ins Kleid zu stopfen versuchte.

»Das war ich früher auch. Ruhm zehrt«, sagte Timo, als er die Orange endlich durch die Halsöffnung des Kleides gezwängt hatte. Sie war jetzt auf derselben Seite wie die Papiertüte, aber das schien niemanden zu stören.

»Sollen wir nicht was singen?«, schlug die falsche Elviira vor.

Und da passierte das zweite Wunder. Pekka hatte nämlich noch gar nicht geantwortet, als plötzlich eine zweite Elviira die Bühne betrat. Die zweite war eindeutig größer als die erste, aber auch sie hatte schwarze Haare, und auch sie trug eine Sonnenbrille und dazu ein ziemlich schickes langes Kleid. Komischerweise sah es haargenau so aus wie das, das wir beim letzten Schulfest an der Frau des Lehrers gesehen hatten. Außerdem trug die neue Elviira über der Sonnenbrille noch eine richtige, und die sah haargenau so aus wie die von unserem Lehrer. Das wunderte uns ein bisschen, weil sich keiner daran erinnern konnte, dass Elviira auf den Postern in Pekkas Zimmer zwei Brillen getragen hatte. Und auch noch übereinander!

»Na, ihr zwei Hübschen?«, sagte die zweite Elviira, und wir fanden, ihre Stimme klang ein bisschen tief.

»Ich wusste gar nicht, dass es zwei Elviiras gibt«, wunderte sich Pekka.

»Wir sind Zwillinge, auch wenn's auf den ersten Blick nicht so aussieht. Unsere Eltern sagten immer, wir seien wie Rosine und Kartoffel«, versuchte die kleinere Elviira zu erklären.

»Und wer ist die Kartoffel?«, fragte Pekka.

»*Ich* bin jedenfalls die richtige Elviira«, sagte die mit der tiefen Stimme. »Ich bin hierhergekommen, um euch das Märchen von den braven Kojoten, dem herzlosen Vermieter und vom tapferen Lehrer zu erzählen. Wenn das eine große Schlagzeile in der Zeitung geben sollte, umso besser!«

Das Publikum protestierte, aber nur, weil es die Geschichte der größeren Elviira nicht zu hören kriegte. Weil jetzt nämlich eine dritte Elviira auf die Bühne kam. Die dritte Elviira war ungefähr genauso groß wie die zweite. Auch sie hatte schwarze Haare, und auch sie trug eine Sonnenbrille und ein ziemlich schickes langes Kleid. Das Neue an ihr war, dass sie einen Schnurrbart hatte. Und das Komische war, dass sie ein bisschen wie der herzlose Vermieter aussah. Jedenfalls hatte sie genau den gleichen Schnurrbart. Wenn das die richtige Elviira war, musste der herzlose Vermieter ihr Bruder sein.

»Die zwei hier sind Betrüger«, sagte die dritte Elviira. »*Ich* bin die richtige Elviira und wollte euch nur sagen, dass ich nie wieder singen werde. Stattdessen werde ich euch die Hausordnung eines ganz bestimmten Mehrfamilienhauses in unserer Stadt vorlesen und besonders die Stelle, wo etwas über Haustiere und die Nachtruhe geschrieben steht. Diese Nachtruhe wird in besagtem Mehrfamilienhaus von einem heldenhaften Vermieter verteidigt. *Das* hätte eine große Schlagzeile verdient, mehr möchte ich dazu nicht sagen.«

»Wenn *du* die richtige Elviira bist, bin *ich* ein sprechender Pinguin!«, sagte ihm da die zweite Elviira auf den Kopf zu.

»Und wenn *du* denkst, dass du wie die richtige Elviira aussiehst, hast du einen an der Waffel!«, sagte die dritte Elviira zur zweiten.

»Wenn *ihr beide* richtige Elviiras sein wollt, gibt es davon genau zwei zu viel!«, sagte die erste und kleinste Elviira ruhig.

»Und wenn ihr drei denkt, dass das hier lustig ist, dann seid ihr doof, doof, doof!«, mischte sich jetzt Pekka ein.

Da wurde es auf einmal mucksmäuschenstill. Drei Elviiras und Tausende Zuschauer starrten stumm den kleinen Pekka an, der mit gesenktem Kopf im Scheinwerferlicht stand.

»Ihr denkt, ihr könnt euch über mich lustig machen, nur weil ich wenigstens ein Mal im Leben berühmt sein und bewundert werden will. Aber ich weiß, dass aus mir nie ein Superstar wird! Ich weiß, dass die richtige Elviira nie im Leben mit mir auftreten möchte, aber ich hab mich wenigstens davon zu träumen getraut – und jetzt ist es vorbei!«, schluchzte Pekka und legte das Mikrofon auf dem Bühnenboden ab. Dann ging er langsam aus dem Scheinwerferlicht und wurde vom Dunkel der Bühne verschluckt.

»Pekka, warte!«, rief da eine Stimme vom Bühnenrand. »*Ich* bin Elviira.« Im selben Augenblick gingen alle Scheinwerfer an.

Wir wollten es nicht, aber wir mussten trotzdem lachen, als die vierte Elviira auf die Bühne kam. Wir erkannten sie natürlich sofort. Sie hatte nämlich *keine* schwarzen Haare, und sie trug auch keine Sonnenbrille und kein langes Kleid. Sie hatte nicht mal einen Schnurrbart. Der Bärtige hatte denselben Bart wie immer, und er hatte seine Seemannsmütze auf und trug dieselbe abgewetzte Jacke, die er trug, seit wir ihn kannten.

»Schwacher Versuch, vergiss es!«, sagte Pekka.

»Wenn *das* die richtige Elviira ist, verspeise ich freiwillig ihren Bart«, sagte die zweite Elviira. Das war die, die unserem Lehrer so ähnlich sah.

»Bitte sehr!«, sagte der Bärtige und riss sich den Bart vom Gesicht. Er gab ihn der zweiten Elviira, dann nahm er die Seemannsmütze ab, und eine Welle schwarzer Haare quoll darunter vor.

»Dich knöpf ich mir später vor!«, sagte die vierte Elviira zur dritten, die aussah wie der herzlose Vermieter, dem gerade die Kinnlade herunterfiel.

Dann nahm die vierte Elviira der dritten die Sonnenbrille ab und setzte sie selber auf.

Wir erkannten die richtige Elviira sofort, obwohl sie kein superschickes langes Kleid trug. Und alle anderen im Publikum erkannten sie auch. Atemlos verfolgten wir, wie Elviira Pekka an der Hand nahm. Zusammen traten sie nach vorn, und Elviira nahm das Mikrofon.

»Wir beide singen jetzt«, sagte Elviira entschlossen, »du und ich!«

Da hielt uns nichts mehr im Publikum, und wir stürmten los – erst Hanna, dann Tiina, dann Mika, dann der Rambo und dann ich. Wir drängten uns durchs Publikum nach vorn und kletterten auf die Bühne. Schon vorher hat Pekkas Band die Nase voll gehabt von dem Verwechslungsspiel und war im LKW verschwunden. Wir hatten die Bühne für uns! Und die Musikinstrumente auch! Hanna nahm die Gitarre, ich ging ans Keyboard und Tiina nahm den Bass. Der Rambo kletterte hinters Schlagzeug, und Mika wickelte Timo aus der Plane und machte sich einen Umhang daraus.

Der Lehrer und der herzlose Vermieter verzogen sich in ihren Elviira-Kleidern an den Bühnenrand. Dort verspeiste der Lehrer den Bart des Bärtigen, der in Wirklichkeit Elviira war, und bot dem Vermieter ein Stück davon an.

»Mal probieren?«, fragte der Lehrer.

»Danke, bin schon satt«, sagte der Vermieter.

»Fertig?«, fragte die richtige Elviira und lächelte Pekka an.

Pekka nickte, ohne eine Miene zu verziehen.

Und dann begann Elviira zu singen. Ihre Stimme war wunderschön, irgendwie weich und warm mit einem coolen Zittern, von dem man eine Gänsehaut bekam. So haben später die Leute erzählt, wir auf der Bühne konnten leider nicht viel davon hören. Ich haute in die Tasten, dass es klang, als donnerte ein Güterzug vorbei. Tiina spielte den Bass wie einen Presslufthammer. Hanna prügelte die Gitarre wie ein Holzfäller, und der Rambo tobte hinter dem Schlagzeug wie ein wild gewordener Stier. Vorne am Bühnenrand jagte Mika hin und her und versuchte den Bartlosen abzuhängen, der sich am Saum seines Umhangs festgebissen hatte. Timo stand im Hintergrund und war wieder der Manager. Pekka stand im Scheinwerferlicht und lächelte Elviira stumm und versonnen an. – Wir gaben alle unser Bestes, und der Lärm war unbeschreiblich. Es war, als brächen hundert Vulkane gleichzeitig aus. Das Publikum lachte Tränen und hielt sich die Ohren zu.

Als wir aufhörten, wurde es so still, dass es in den Ohren wehtat. Dann schnappte Pekka sich das Mikrofon und rief: »Elviira, Pekka und die Kojoten, that's Rock!«

In der Sonntagszeitung standen dann gleich drei Artikel:

ELVIIRA IST ZURÜCK!

Riesenfest für die Freunde der Rockmusik in unserer Stadt: Die lange vermisste Queen of Rock feierte ein überraschendes Comeback. Gestern Abend trat Elviira als Stargast beim Konzert des neuen King of Rock Pekka auf. Pekka, seine Band Die Kojoten *und nicht zuletzt Elviira begeisterten Tausende, die zur eigens aufgebauten Bühne im Hafen gekommen waren. Nicht enden wollender Applaus beschloss ein Konzert, dessen Musik am ehesten mit dem Weltuntergang zu vergleichen gewesen wäre. Niemand, der dabei war, wird diesen Abend je vergessen.*

SCHIFF NOCH IM HAFEN AUF GRUND GESUNKEN!

Ein kleines blau-weißes Schiff sank gestern noch im Hafenbecken. Glück im Unglück: Das Dach des Führerhäuschens blieb über Wasser, und der Kapitän des Schiffes, ein Nichtschwimmer, konnte sich dorthin in Sicherheit bringen. Freilich wurden seine Hilferufe wegen des Rockkonzerts am gestrigen Abend nicht gehört, und er konnte erst gegen Mitternacht gerettet werden.

Bei näherer Untersuchung des Vorfalls stellte sich heraus, dass der Mann das Schiff gestohlen hatte.

Bei noch näherer Untersuchung stellte sich heraus, dass der Mann eine Tasche bei sich hatte, in der sich die gesamten Einnahmen aus dem Kartenverkauf für das gestrige Rockkonzert befanden.

Der Mann behauptete, er habe die Einnahmen in Sicherheit bringen wollen und sei dabei nur versehentlich auf das Schiff geraten. Ebenso versehentlich habe er dessen Leinen gelöst, um in Richtung Mittelamerika in See zu stechen.

»Alles nur aus Versehen!«, beteuerte der Mann, der sich als Manager bezeichnete und den die hiesige Polizei in Gewahrsam nahm, um weitere Versehen zu vermeiden.

Die Einnahmen aus dem Kartenverkauf wurden inzwischen ihrem rechtmäßigen Besitzer, dem King of Rock Pekka, ausgehändigt.

LEHRER VERSPEIST KÜNSTLICHEN BART!

Ein stadtbekannter Lehrer verspeiste gestern einen künstlichen Bart.

»Haarig«, lautete seine Antwort auf die Frage, wie es geschmeckt habe.

Und wer bleibt sitzen?

Wir waren vollkommen aus dem Häuschen, dass der Lehrer das Duell mit dem Vermieter gewonnen hatte. Seine Schlagzeile war nicht riesig groß gewesen, aber immer noch größer als die des Vermieters, der nämlich gar keine bekommen hatte. Der Vermieter hatte verloren, und der Lehrer durfte mit seiner Familie und den Hunden in der Wohnung bleiben.

Wir waren natürlich alle von den Socken, dass der Bärtige in Wirklichkeit Elviira war. Das hätten wir nie gedacht. Wir hätten auch nicht gedacht, dass Elviira die Frau des herzlosen Vermieters war. Aber sie war es. Und das Hündchen, wegen dem er sie rausgeworfen hatte, war der Bartlose. Elviira war nach dem Rauswurf so sauer gewesen, dass sie nie wieder singen wollte und sich als Seemann verkleidete und beschloss, in ein Land zu reisen, wo die Hunde heulen durften, wie sie wollten. Uns gestand sie, dass sie um ein Haar schon am Abend des Konzerts in See gestochen wäre. Jedenfalls hatte sie es sich überlegt. Sie hatte sich einfach nicht vorstellen können, dass Pekkas Konzert so viel einbrachte, dass wir ihr das Schiff abkaufen konnten. Erst die Geschichte von unserem Lehrer und seinen Kojoten und dem herzlosen Vermieter hatte sie umgestimmt – zum Glück. Von da an wollte sie dem armen Lehrer helfen, und dass dann alles noch mal anders kam und der Lehrer gar nicht aufs Schiff ziehen musste, war auch nicht schlimm. So konnten Elviira und ihr Hündchen nämlich wieder dorthin ziehen, wo sie am liebsten waren: nach Hause.

Als der herzlose Vermieter nämlich niemanden mehr hatte, den er rausschmeißen konnte, schmiss er sich selber raus. Er zog dann auf das Schiff, das mit Geld, das Pekka spendierte, aus dem Hafenbecken geborgen wurde.

Pekka war so großzügig, weil er ein bisschen ein schlechtes Gewissen hatte. Das Schiff war nämlich wegen ihm gesunken. Er hatte das Loch im Rumpf leider doch nicht richtig repariert. Neu reparieren ließ das Schiff dann aber der Vermieter. Er wollte damit zum Südpol fahren. Er hatte gelesen, dass es dort überhaupt keine Hunde gibt. Timo sagt, dort gibt es auch sonst nicht viel, und es ist immer nur kalt.

Wir anderen, also Pekkas Freunde, waren zufrieden, als endlich alles wieder war wie früher. Das heißt, ein bisschen anders war es doch. Wir waren für kurze Zeit berühmt gewesen, und das ändert einen irgendwie schon. Zum Beispiel tragen wir jetzt alle Sonnenbrillen. Elviira hatte eine ganze Sammlung davon und hat jedem eine geschenkt. Elviira war genauso großzügig wie Pekka.

Wir sahen so cool aus wie Rentierköttel, als der Lehrer kurz vorm Schuljahresende wieder mal das Einmaleins abfragte.

»Wie viel ist ein mal sechs?«, fragte er.

»Die Kiefer«, sagte ich.

»Und zwei mal sechs?«

»Die Weide«, sagte Tiina.

»Drei mal sechs?«

»Der Affenbrotbaum«, sagte Timo, der natürlich die ausgefallensten Bäume kennt.

»Vier mal sechs?«

»Die Kokospalme«, sagte Mika.

»Fünf mal sechs?«

»Die Fichte«, sagte Hanna.

»Sechs mal sechs?«

»Die Eiche«, sagte der Rambo friedlich.

Der Lehrer stutzte, dann fragte er Pekka:

»Wie viel ist sieben mal sechs?«

Da sahen alle in der Klasse Pekka an. Pekka überlegte. Er überlegte, und wir hielten ihm die Daumen.

»Zweiundvierzig«, sagte Pekka.

Da seufzte der Lehrer und sah uns einen nach dem anderen an.

»Pekka hat's geschafft«, sagte er. »Aber ihr anderen bleibt alle sitzen.«

Der Lehrer klang ein bisschen traurig, als er das sagte, und wir hatten Mitleid mit ihm. Er musste sich von uns trennen, und wir wussten ja, wie sehr er uns mochte. Das Leben kann ganz schön grausam sein. Aber dann kam Pekkas großer Auftritt:

»Wenn alle sitzen bleiben, will ich auch!«, rief er. »Freunde müssen zusammenhalten!«

Wir anderen jubelten. Wir blieben eine Klasse! Und eine Band! Sogar der Lehrer jubelte.

»Yeah!«, jubelte er. »Ich bin sie los!«

Dann tanzte er durchs Klassenzimmer und machte Faxen, obwohl diesmal gar keine Kamera da war. Nur die Direktorin war auf einmal da. Sie stand in der Tür und sagte:

»Wenn alle sitzen bleiben, hat auch der Lehrer das Klassenziel nicht erreicht. Und merk dir: Sitzen gebliebene Kinder brauchen im nächsten Schuljahr besonders guten Unterricht!«

Die Direktorin nickte uns freundlich zu und ging. Wir waren ganz gerührt. Und unser Lehrer war so froh, dass ihm die Tränen kamen. Auch wir waren froh. Wie es aussah, würden wir noch lange in derselben Klasse bleiben. Alle zusammen.

Inhalt

Wo sind bloß die Pferde? Ellas Klasse hält die Zügel fest in der Hand!

Das furiose Finale der erfolgreichen Ella-Reihe! Ella und ihre Klasse sind überglücklich: Endlich haben sie ihren geliebten Lehrer wieder! Gemeinsam müssen sie sich schon bald einem neuen Abenteuer stellen: Timo hat sich von einem nahe gelegenen Reiterhof ein Pferd »ausgeliehen«, um seine nette Nachbarin zu beeindrucken – und das ist nun weggelaufen. Wird Timo jetzt im Gefängnis landen? Ehrensache, dass Ella, Pekka und Co. ihm helfen, den Hengst wiederzufinden. Dass dies nicht ohne eine Vielzahl Verwirrungen, skurriler Abenteuer und witziger Ideen abgeht, ist bei dieser Klasse natürlich klar. Wie immer gilt: zum Wiehern komisch!

hanser-literaturverlage.de

HANSER